/// Hedra edições ////////////// Coleção Mundo Indígena ////////////// Não havia ma
Mundo Indígena ////////////// Não havia mais homens ////////////// Karitiana //////////
s homens ////////////// Karitiana ////////////// Luc
Luciana Storto ////////////// Hedra edições //////
//////////// Coleção Mundo Indígena ////////////
/// Não havia mais homens ////////////// Karitiana
iana ////////////// Luciana Storto ////////////// H
//// Hedra edições ////////////// Coleção Mundo
Mundo Indígena ////////////// Não havia ho

s homens ////////////// Karitiana ////////////// Luciana Storto ////////////// Hedra ediç
Luciana Storto ////////////// Hedra edições ////////////// Coleção Mundo Indígena ////
//////////// Coleção Mundo Indígena ////////////// Não havia mais homens //////////
/// Não havia mais homens ////////////// Karitiana ////////////// Luciana Storto ///////
tiana ////////////// Luciana Storto ////////////// Hedra edições ////////////// Coleção M
//// Hedra edições ////////////// Coleção Mundo Indígena ////////////// Não havia ma
Mundo Indígena ////////////// Não havia mais homens ////////////// Karitiana /////////
s homens ////////////// Karitiana ////////////// Luciana Storto ////////////// Hedra ediç
Luciana Storto ////////////// Hedra edições ////////////// Coleção Mundo Indígena ////
//////////// Coleção Mundo Indígena ////////////// Não havia mais homens //////////
/// Não havia mais homens ////////////// Karitiana ////////////// Luciana Storto ///////
tiana ////////////// Luciana Storto ////////////// Hedra edições ////////////// Coleção M
//// Hedra edições //////////////Coleção Mundo Indígena ////////////// Não havia ma
Mundo Indígena ////////////// Não havia mais homens ////////////// Karitiana /////////
s homens ////////////// Karitiana ////////////// Luciana Storto ////////////// Hedra ediç
Luciana Storto ////////////// Hedra edições ////////////// Coleção Mundo Indígena ////
//////////// Coleção Mundo Indígena ////////////// Não havia mais homens //////////
/// Não havia mais homens ////////////// Karitiana ////////////// Luciana Storto ///////
tiana ////////////// Luciana Storto ////////////// Hedra edições ////////////// Coleção M
//// Hedra edições ////////////// Coleção Mundo Indígena ////////////// Não havia ma
Mundo Indígena ////////////// Não havia mais homens ////////////// Karitiana /////////
s homens ////////////// Karitiana ////////////// Luciana Storto ////////////// Hedra ediç
Luciana Storto ////////////// Hedra edições ////////////// Coleção Mundo Indígena ////
//////////// Coleção Mundo Indígena ////////////// Não havia mais homens //////////
/// Não havia mais homens ////////////// Karitiana ////////////// Luciana Storto ///////
tiana ////////////// Luciana Storto ////////////// Hedra edições ////////////// Coleção M
//// Hedra edições ////////////// Coleção Mundo Indígena ////////////// Não havia ma
Mundo Indígena ////////////// Não havia mais homens ////////////// Karitiana /////////
s homens ////////////// Karitiana ////////////// Luciana Storto ////////////// Hedra ediç
Luciana Storto ////////////// Hedra edições ////////////// Coleção Mundo Indígena ////
//////////// Coleção Mundo Indígena ////////////// Não havia mais homens //////////
/// Não havia mais homens ////////////// Karitiana ////////////// Luciana Storto ///////
tiana ////////////// Luciana Storto ////////////// Hedra edições ////////////// Coleção M
//// Hedra edições ////////////// Coleção Mundo Indígena ////////////// Não havia ma
Mundo Indígena ////////////// Não havia mais homens ////////////// Karitiana /////////
s homens ////////////// Karitiana ////////////// Luciana Storto ////////////// Hedra ediç
Luciana Storto ////////////// Hedra edições ////////////// Coleção Mundo Indígena ////
//////////// Coleção Mundo Indígena ////////////// Não havia mais homens //////////
/// Não havia mais homens ////////////// Karitiana ////////////// Luciana Storto ///////
tiana ////////////// Luciana Storto ////////////// Hedra edições ////////////// Coleção M
//// Hedra edições ////////////// Coleção Mundo Indígena ////////////// Não havia ma
ciana Storto ////////////// Hedra edições ////////////// Coleção Mundo Indígena ////
//////////// Coleção Mundo Indígena ////////////// Não havia mais homens //////////
/// Não havia mais homens ////////////// Karitiana ////////////// Luciana Storto ///////
tiana ////////////// Luciana Storto ////////////// Hedra edições ////////////// Coleção M
//// Hedra edições ////////////// Coleção Mundo Indígena ////////////// Não havia ma
Mundo Indígena ////////////// Não havia mais homens ////////////// Karitiana /////////
s homens ////////////// Karitiana ////////////// Luciana Storto ////////////// Hedra ediç

Não havia mais homens

Imbodn oko taso

edição brasileira© Hedra 2022
narração Cizino, Garcia e Barabadá Karitiana
organização e tradução© Luciana Storto
coorganização Íris Morais Araújo, Karin Vivanco e Ivan Rocha

coordenação da coleção Luísa Valentini
edição Suzana Salama
coedição Jorge Sallum
assistência editorial Paulo Henrique Pompermaier
revisão Renier Silva
capa Lucas Kroëff

ISBN 978-65-89705-77-2

Grafia atualizada segundo o Acordo Ortográfico da Língua Portuguesa de 1990, em vigor no Brasil desde 2009.

EDITORA HEDRA LTDA.
Av. São Luís, 187, Piso 3, Loja 8 (Galeria Metrópole)
01046–912 São Paulo SP Brasil
Telefone/Fax +55 11 3097 8304
editora@hedra.com.br
www.hedra.com.br

Foi feito o depósito legal.

Não havia mais homens

Imbodn oko taso

Cizino, Garcia e Barabadá Karitiana (*narração*)
Luciana Storto (*organização e tradução*)

1ª edição

hedra
São Paulo 2022

Não havia mais homens contém quatro narrativas de tradição oral dos Karitiana, contadas na primeira parte da década de 1990 por três narradores que são reconhecidas lideranças do grupo, conhecedores da mitologia e história do povo. Os mitos do sol e da lua foram contados pelo cacique Garcia, o ritual de iniciação masculino *Osiip* por Cizino, que é o último pajé Karitiana, e a narrativa final, que retrata o reencontro ente as duas últimas aldeias da etnia, de onde foi tirado o título do livro *Não havia mais homens*, foi contada por Barabadá. As narrativas foram gravadas pela organizadora, e depois transcritas e traduzidas com a ajuda de falantes da língua. Elas registram mitos e eventos importantes para o povo e devem ser lidos como parte de sua literatura.

Barabadá Karitiana foi um pajé Karitiana e pertenceu ao grupo Joari, também conhecido como Capivari. Ele narrou o encontro, vivenciado por ele, entre dois grupos de Karitiana que viviam em aldeias separadas: os Joari (ou Capivari) e os Karitiana. Estes grupos passaram a viver juntos na Terra Indígena Karitiana.

Cizino Karitiana é o atual pajé e cacique Karitiana. Ele narrou o ritual de iniciação masculina, chamado *Osiip*, pelo qual passou várias vezes.

Garcia Karitiana foi um cacique Karitiana. Ele narrou os mitos de origem do sol e da lua.

Luciana Storto é doutora em Linguística pelo Massachusetts Institute of Technology e professora do Departamento de Linguística da Universidade de São Paulo (USP). Estuda a língua karitiana desde 1992.

Mundo Indígena reúne materiais produzidos com pensadores de diferentes povos indígenas e pessoas que pesquisam, trabalham ou lutam pela garantia de seus direitos. Os livros foram feitos para serem utilizados pelas comunidades envolvidas na sua produção, e por isso uma parte significativa das obras é bilíngue. Esperamos divulgar a imensa diversidade linguística dos povos indígenas no Brasil, que compreende mais de 150 línguas pertencentes a mais de trinta famílias linguísticas.

Sumário

Apresentação

Os Karitiana são um grupo indígena ainda pouco conhecido no Brasil. Vivem no atual estado de Rondônia, considerado o lugar de origem da língua-mãe de todas as línguas tupi. Falam a língua de mesmo nome, que é a única remanescente da família linguística arikém, o que lhes confere uma importância central para os estudos comparativos das línguas tupi e, consequentemente, das línguas indígenas como um todo.

Se aproximaram dos não indígenas durante o ciclo da borracha. Tanto a memória do grupo quanto os documentos não indígenas dão destaque para esses vínculos de trabalho caracterizados pela violência dos patrões. Nesse período, os não indígenas disseminaram entre eles diversas doenças, como a gripe e o sarampo. Por isso, em meados do século XX, os Karitiana sofreram um grande declínio populacional chegando a apenas 64 pessoas na década de 1970. Para que continuassem a existir, dois grupos locais decidiram viver juntos, casando-se entre si, e procuraram o Serviço de Proteção aos Índios, para que seus direitos como povo indígena fossem garantidos.

No censo realizado pelo linguista Ivan Rocha em 2017, os Karitiana contavam com 397 pessoas.

Atualmente, eles habitam sete aldeias, sendo cinco na Terra Indígena Karitiana, demarcada em 1986, e duas fora dela, em áreas que são parte do seu território tradicional. Algumas famílias também moram nas cidades rondonienses de Porto Velho, a capital, e em Cacoal.

Além de trabalharem em atividades agrícolas, no manejo dos recursos florestais e na produção de artesanato, os Karitiana também são profissionais das áreas de saúde e educação. O grupo luta historicamente pela garantia de seus direitos, como a ampliação da terra indígena e o fortalecimento da educação e da saúde indígena.

Como foi feito este livro

ÍRIS MORAIS ARAÚJO
KARIN VIVANCO

Em 1992, a linguista Luciana Storto iniciou sua pesquisa sobre a língua karitiana. Para poder estudar o idioma, ela gravou, neste e nos cinco anos seguintes, histórias tradicionais do povo Karitiana — mitos de origem, rituais e narrativas históricas. As histórias foram narradas por Pereira Karitiana, Barabadá Karitiana, Garcia Karitiana, Antonio Paulo Karitiana, Cizino Karitiana, Joana Karitiana e Nazaré Karitiana, alguns dos homens e mulheres mais velhos de então, tidos como conhecedores da arte verbal. Com o importante apoio de interlocutores indígenas mais jovens, os atuais professores Nelson Karitiana, João Karitiana, Luiz Karitiana e Inácio Karitiana, bem como de vários outros falantes da língua, foram feitas as primeiras transcrições e traduções do material.

Os linguistas trabalham transcrevendo e traduzindo as narrativas sentença a sentença. A passagem da fala para a escrita é o primeiro desafio colocado, já que em qualquer língua existem diferenças entre como se fala e como se escreve. Para chegar à escrita da fala, a maneira escolhida pela linguista foi ouvir cada sentença conjuntamente com os jovens karitiana com os quais trabalhou na transcrição e tradução, pausar o áudio, e ir decidindo o que permaneceria no texto transcrito e o que seria deixado de fora da transcrição. Este foi um modo de manter o conteúdo da narrativa e sua estrutura prosódica e artística, sem incluir os erros, hesitações e repetições não intencionais, naturais da fala ocorridas enquanto o falante busca na memória pelo próximo assunto a ser narrado.

As frases incluíram mais de uma sentença quando pronunciadas com única entoação. Os linguistas fazem esses registros com muitos detalhes. Para eles, é importante saber como funciona cada parte de uma única palavra, chamada de *morfema*, e cada palavra em uma frase. Para que essas informações estejam disponíveis para outros estudiosos, as sentenças são registradas em três linhas:

1. A linha do original na língua indígena, com um hífen separando cada morfema dentro das palavras;[1]
2. A linha chamada *glosa*, na qual se faz uma tradução para o português do significado de cada morfema;[2]
3. A linha contendo tradução aproximada da sentença inteira para o português; neste caso, o linguista por vezes precisa fazer escolhas entre uma tradução literal ou mais natural da sentença.[3]

As transcrições apresentadas neste livro foram editadas para uma leitura confortável, mas se buscou preservar certas características da narrativa oral, como a repetição poética (repetição da sentença anterior com uma modificação, a fim de criar um efeito poético na forma ou no significado) e estruturas sintáticas comuns na língua karitiana: um exemplo são as inversões na ordem de palavras.[4]

1. *I-a-oky padni Gokyp.*
2. *Terceira pessoa-passiva-morrer não Sol.*
3. *Não se mata o sol/ O Sol não pode ser morto.*
4. Por exemplo, *Caça, o Osiip desnorteia* em vez de *O Osiip desnorteia a caça.*

QUEM PARTICIPOU[5]

Inácio Karitiana é licenciado em Educação Básica Intercultural pela Universidade Federal de Rondônia e professor da Escola Indígena Estadual de Ensino Fundamental Kity Pypydnipa.

João Karitiana é licenciado em Educação Básica Intercultural pela Universidade Federal de Rondônia e professor da Escola Indígena Estadual de Ensino Fundamental e Médio Kyõwã.

Luiz Karitiana é licenciado em Educação Básica Intercultural pela Universidade Federal de Rondônia e professor da Escola Indígena Estadual de Ensino Fundamental e Médio Kyõwã.

Nelson Karitiana é licenciado em Educação Básica Intercultural pela Universidade Federal de Rondônia e professor da Escola Indígena Estadual de Ensino Fundamental e Médio Kyõwã.

Valdomiro Karitiana é filho de Barabadá Karitiana. Ele acompanhou a linguista durante a gravação da história do encontro entre os dois grupos locais e auxiliou na transcrição e tradução.

Ivan Rocha é doutor em Linguística pela Universidade de São Paulo e pesquisador visitante do Museu Paraense Emílio Goeldi, com bolsa do Programa de Capacitação Institucional do Ministério da Ciência, Tecnologia e Inovação.

Íris Morais Araújo é doutora em Antropologia Social pela Universidade de São Paulo e professora substituta da Universidade Federal do Tocantins.

Karin Vivanco é doutora em Linguística pela Universidade de São Paulo e professora da Universidade Federal do Rio Grande do Sul.

5. Além dos narradores e organizadora do volume.

Para ler as palavras karitiana

Neste livro, foi adotada a ortografia elaborada pela linguista Luciana Storto, que coordenou um programa de alfabetização da língua karitiana desenvolvido junto à comunidade na década de 1990 e aprovado por ela em 1996, quando as convenções ortográficas foram registradas no material de apoio ao aprendizado da ortografia karitiana, que tem sido usado desde então no ensino de sua língua materna. Atualmente, o grupo vem discutindo a reformulação de algumas dessas convenções ortográficas.

VOGAIS

/a/	como *a* em *até*
/e/	como *e* em *mesa*
/i/	como *i* em *idoso*
/o/	como *o* em *hoje*
/y/	como um som intermediário entre *i* e *u*[1]

1. Esse som não possui um equivalente no português do Brasil. Para pronunciá-lo, se pode falar um *i* e, gradualmente, mover a língua em direção a um *u*. Quando a língua estiver em uma posição entre *i* e *u*, esta será a pronúncia do *y*. Os linguistas classificam esse som como uma vogal "central alta" e, a partir de um inventário internacional convencional de símbolos (o Alfabeto Fonético Internacional), transcrevem-no como um "i" tachado, o símbolo "ɨ".

CONSOANTES

/b/ como *b* em *boto*
/d/ como *d* em *dedo*
/g/ como *g* em *gato*
/h/ como *r* em *rato*
/j/ como *dj* no início da palavra; no meio *i* como em *saia*
/k/ como *c* em *casa*
/m/ como *m* em *mulher*
/n/ como *n* em *nariz*
/p/ como *p* em *pé*
/r/ como *r* em *arara*
/s/ como *s* em *sapo*
/t/ como *t* em *tatu*
/w/ como *u* em *água*
/x/ como *tch* em *tchau*
/ʻ/ uma pausa, como quando dizemos *ã–ã* com o sentido de *não*[2]

2. Corresponde a uma breve pausa entre as duas sílabas, que equivale a uma obstrução, na região das cordas vocais, do fluxo de ar que vem do pulmão, chamada de consoante oclusiva glotal no alfabeto fonético.

Não havia mais homens

A história de Gokyp, o Sol O capítulo a seguir conta a história do Sol, uma das narrativas que compõem o repertório de mitos dos Karitiana. Nascido como uma criança muito quente, que parecia febril, ninguém conseguia chegar muito perto do Sol sem se queimar. As pessoas, preocupadas com o perigo que ele significava para a comunidade, pensaram em matá-lo. Cada vez mais quente, o Sol subiu pelo esteio de uma casa e foi para o céu, onde vive até hoje.[1]

1. A narrativa aqui publicada foi contada por Garcia Karitiana para Luciana Storto, que a transcreveu e traduziu com Nelson Karitiana. Para esta publicação, o material foi editado por Íris Morais Araújo e Karin Vivanco. Uma primeira transcrição, glosagem e tradução desta narrativa foi publicada por Storto na *Revista Linguíſtica* 15 (2019).

O Sol

Dizem que o Sol vivia antigamente
Dizem que o Sol começou sua existência como uma criança
Dizem que o Sol vivia

Então os homens disseram *O que é isso?*
Dizem que a vida começou como uma doença para ele
Dizem que a criança ficava cada vez mais quente

Esse aí está doente?, falava o seu pessoal
Seria semelhante a uma doença
Mas ele não estava doente realmente
Ele nunca esteve doente

Então dizem que o calor dele ficava cada vez mais intenso
O Sol era meio quente e foi ficando mais quente
Naquele momento, ele se tornaria o Sol

Então aconteceu
Ah, o que é isso?, diziam os homens
Aí, ele não existia mais
Então ele se tornou tão grande que não podia mais viver aqui
Ele se tornou enorme

Aí, dizem que o Sol não queimava mais só um pouco
Dizem que ele se tornou incandescente
Quando sua incandescência ficou insustentável, dizem que os homens queriam matá-lo
Porque ele não era mais um ser humano

Os homens tinham um desejo de matar
Então não o fariam
Aí, os homens pensaram
O Sol não pode ser morto

Eles pensaram que era assim que fariam
Eles pensavam que ele era humano
Mas ele estava ficando diferente, meio fraco

Por causa disso, os homens sentiam vontade de matá-lo
Matá-lo é o que queriam fazer
Aí, ele continuou a viver

Dizem que ele saiu pelo esteio central do telhado da casa
Porque dizem que os homens tinham o desejo de matá-lo
Sabia-se que queriam matá-lo

Na frente deles, então, ele saiu
Pelo esteio central da casa ele sairia
Aí, vieram os homens com bordunas para matá-lo, sorrateiramente
Mas eles não podiam mais se aproximar dele
Ele estava muito incandescente mesmo

Foi então que, dizem, ele saiu pelo esteio central da casa
Aí, o Sol cantou antes de sair
Tragam-me para dentro, mulheres
Tragam-me para dentro, mulheres
Tragam-me para dentro, tragam-me para dentro, mulheres
Pois o crânio partido está me matando
Assim disse o Sol enquanto ele subia
Então dizem que o Sol subiu; *Pro alto* ele foi
Então dizem que quem queria matá-lo morreu enquanto ele estava subindo
Caíram esparramados, os homens

O Sol subiu para as alturas
Então o Sol ficou incandescente, incandescente de verdade
Assim, dizem, é que a história do Sol deve ser contada

Gokyp

Pyry'a sarytyn keerep Gokyp
Õwã horot taka'oot saryt Gokyp
Taaka andyk saryt Gokyp

Masõng *ti'a hỹ?*, iri'aj taso
Kinda oti horot taka'oot saryt ihot iaka
Okywyra okywyra okywyra taaka saryt õwã

A kinda otidna hỹ?, iri'a andyki ijiriso
Kinda oti horot iakaj
Ikinda otidni
Takinda otidna sogng iaki

Masong naakat okyp okyp ywytiyty tat, iri'aj
Ty'in taakat iokyp pywytiyri Gokyp
Gokyp pasagngam iakabman

Masong naka'a andyk
Ãh ti'a tyka hỹ?, iri'aj taso
Masong imbodnoko
Atykiri iaka padnoko hak tatyyt tykiri
Tyyty tat, iri'aj

Atykiri ipikyp owogoko saryty padni Gokyp
Napikybm saryt
I pikywyt tykiri, iatakipawyt tykiri napyting saryt iokyty taso
Masong iaki padnoko

Napymbowak ity taso

Masong iaoky padnaty
Masong nakakãrãt taso
Iaoky padni Gokyp

Masong kahyt i'at, irikãraj̃
Yjxa pitat i'at tykat, irikãrãj
Myn hodno yjsararaj sat iakiip

Masong napymbowak saryt ity taso
Iokyty napyting
Masong ta'a tyka siit

Namboryt saryt ambiity sopakat
Masong napymbowak saryt it taso
Ta'ãty ipymbowak tyso

Asonderep masong namboryt
Ambi sopakat imboryri
Masong naymbykyjy'oom taso iokyp meresõ tyyt
Ipynotam padnoko I
Piikyp piikyp harara I

Masong namboryt saryt i ambi sopakat
Masong nakahyryj̃a tatat tysypy'oot Gokyp
Ajymymewã j̃onso
Ajymymewã j̃onso
Ajymymewã ymymewã j̃onso
Opa pyka yoky tyki
Masong naka'a saryt Gokyp taambo tyki'oot
Masong naambo saryt Gokyp; atoop iri'aj hoop
Masong ta'ãty ipymbowak atapopi saryt tatat tysypy'oot
Syyryp iri'aj taso

Naambot ohyn Gokyp
Masong naakat piikyp piikyp harara Gokyp
Naka'a saryt kahyt Gokyp pynhadna

A história do Lua, Oti O próximo capítulo conta a história do Lua, um homem chamado Oti. É uma importante narrativa que também compõe o *corpus* mítico dos Karitiana. Quando vivia entre os humanos, Oti teve relações sexuais não consentidas com a mãe e a irmã. Esta última descobriu que o irmão a visitava à noite, no escuro, após seguir a sugestão de seu namorado de passar tinta de jenipapo no intruso durante uma dessas relações sexuais. A mãe, por sua vez, foi forçada por Lua a ceder a seus desejos quando foram para a floresta buscar os frutos da palmeira patauá.[1] Após esses eventos, Lua subiu nessa palmeira e foi viver no céu. Contudo, antes disso, cortou suas próprias pernas, para que fossem sepultadas junto com seus objetos e decidiu que todas as mulheres, a partir de então, passariam a menstruar.[2]

1. *Oenocarpus bataua*, também conhecida por *patuá* ou *patoá*.
2. A narrativa de Oti foi contada por Garcia Karitiana para Luciana Storto, que a transcreveu e fez uma tradução preliminar. Para esta publicação, o material foi traduzido e revisado por Inácio Karitiana, Nelson Karitiana, Íris Morais Araújo, Karin Vivanco e Luciana Storto.

O Lua

Assim, dizem, é que fez o Lua
O Lua vivia
O Lua era homem, também
Homem adulto

Então dizem que o Lua ainda vivia entre nós
Ainda estava vivo
Dizem que o Lua transou com sua irmã menor
Aí, ela pensou que ele era seu namorado
E ela permitiu que o Lua transasse com ela, a irmã do Lua

Então dizem que o namorado dela mexeu com ela
Transou com ela
Ah! Quem será?
Ela disse assim
Aí, o namorado veio na direção dela
Vem, disse o namorado dela
Você veio de novo?, ela disse

Ah! O seu namorado falou: *O que é isso?*
Ah! Não era você que veio antes?, ela disse
Eu ainda não vim com você. Por quê?, disse
Ele mexeu várias vezes comigo. Quantas vezes você já veio aqui comigo?
Só agora mesmo eu vim aqui com você
Disse o namorado dela

Não é você que vem transando comigo?
Qual homem será?

Qual homem será que vem transando comigo?
Ah!, falou o namorado
Eu achei que fosse você, disse a irmã do Lua
Então foi assim

Aí o namorado disse *Hum...*
Passa jenipapo no corpo dele, o namorado falou
Você vai passar jenipapo amanhã
Amanhã você passa jenipapo no rosto dele e depois disso você vai ver rosto dele
Você olha o rosto de todos os homens
Então você vai ver
É você mesmo?
Então você vai falar
Quando você souber, você vai falar assim
Então ela nunca pensou que seria seu irmão
Hã, disse
Você passa jenipapo sorrateiramente em você, disse
Você vai esconder o jenipapo embaixo da rede, disse
Você vai deixar o jenipapo embaixo para quando ele vier
Hoje ele vem de novo
Ele não demora a vir de novo
Você não vai se atrapalhar

Então ela ficou preparada
Ela se preparou para a chegada dele
Passou jenipapo nela, ficou preta
Aí sobrou
Então dormiu
A mulher dormiu com todos enfeites e pinturas
A mulher estava bonita

Então no mesmo dia o Lua, o irmão dela, chegou de novo
Era o irmão dela
Ela não sabia

Dizem que o Lua transava com a irmã. Ela foi a primeira filha da mãe dele, foi a primeira dela
Então foi dormir

Aí, escureceu o dia
Antes de escurecer, ele viria
Veio
Então ela empurrou o jenipapo embaixo da rede dela
Ela deixou o suco de jenipapo preparado
Então dizem que o Lua foi na direção dela
Aí veio de novo e mexeu

Ah! Você chegou?, ela disse
Cheguei, disse
Você chegou, disse
Eu vim pra você, disse
Por que você sempre vem aqui comigo? É você mesmo?, disse
Sou eu mesmo, disse ele
Calma, disse
O que é isso?, disse o Lua.

Então dizem que pegou nela
Pegou várias vezes. Enquanto pegava, ela pôs a mão no jenipapo
O sumo do jenipapo por cima
Passou várias vezes
Ela passou o sumo do jenipapo nele
Muito, ela passou
Então dizem que passou em cima do rosto dele; ela passou
Passou em cima do rosto dele
Ah!, disse, enquanto estava mexendo com ela
Então com o sumo do jenipapo preto
Passou o sumo do jenipapo no rosto dele
Dizem que foi assim
Depois que transou com a irmã

Assim foi

Então amanheceu
No dia seguinte, ela, a irmã, o procurou
O jenipapo tinha sujado o rosto dele
Ficou preto
Então dizem que ele lavou
Lavou várias vezes. Ele ficou lavando o rosto por muito tempo
Mas o jenipapo não saiu do rosto dele
Ficou preto
Manchou

Aí, desconfiada, a irmã dele foi ver os homens
Olhou, olhou, olhou os homens
Nisso, dizem que saiu
Com vontade de revelar
Também dizem que o Lua estava tirando o jenipapo

Ah!, disse
Você estava premeditando para cima de mim, meu irmão!, ela disse
Você esperou por mim dormindo, meu irmão, ela disse
Eu dormindo e você esperou, ela disse
Ah!, dizem que ela fez assim
Descobri, ela disse
Disse assim, sozinha, a irmã do Lua

Então foi assim
E ele fez tudo de novo
Ele continuou fazendo
Ficou fazendo

Aí, dizem que ele falou com sua mãe, sorrateiro
Eu quero patuá, minha mãe, ele disse
Ah! Nós vamos pegar, meu filho, disse a mãe
Vamos providenciar, meu filho.

Tem patuá aqui, minha mãe. Vamos pegar, disse
Então dizem que ele andou bastante com a mãe dele, enganando-a
Fez ela andar
Então diz que ele andou com a mãe dele
Andou, andou, andou. *Chegamos*, disse.
Lá está o patuá, disse
Tem aquele patuá lá, disse
Então esperou sua mãe

Minha mãe, disse
Tem muito micuim em mim, minha mãe, disse ele
Estou com micuim, minha mãe
Estou com carrapatos, minha mãe, disse ele
Você quer que eu cate, meu filho?, disse a mãe dele
Nisso, ela começou a catá-los

A mãe dele era inocente
Então vou fazer assim, ele pensou
Ele deve querer fazer alguma coisa ruim comigo, a mãe dele pensou
Então catou micuim enquanto estavam no mato
Então dizem que catou muito micuim
Dizem que catou, catou e o Lua teve uma ereção
A mãe dele ficou constrangida
Sem graça, ela ficou

Então dizem que derrubou a sua mãe à força
Ele a pegou à força e ficou em cima dela
Ah! Você está fazendo uma coisa ruim, meu filho!, disse a mãe dele
Você está fazendo uma coisa que você realmente não deveria fazer, meu filho, disse
Não existe mais, ela disse
Nós nos deitamos, ele disse

Você se lembra, disse sua mãe
Dizem que ele tinha ouvido sua mãe
Solta, solta, disse
Das coisas que você realmente não deveria ter feito, você lembra,
disse sua mãe
Você me enganou, ela disse
Estou indo dormir, ela disse

Então espere aí, eu vou pegar, ele disse
Eu vou pegar patuá, disse
Eu vou pegar o patuá
Tira o patuá, tira!, disse a mãe dele
A mãe ficou com raiva dele
A mãe ficou com uma enorme raiva dele
O que ele fez não se pode consertar nunca

Então assim vive o Lua
Até hoje o Lua não conhece as nossas regras
Foi assim que surgiu o Lua
Assim é que foi
Para o mundo ser assim ele fez isso

Então subiu para o alto, andando
Então subiu no alto da palmeira do patuá
Então ele subiu, subiu até o caule do patuá
Aqui tem patuá, minha mãe, disse fingindo
Você pega patuá, mãe, disse
A mãe não falou mais nada depois que ele transou com ela
Sua mãe ficou brava

Então cortou, fingindo
Cortou, cortou. E o cacho de patuá caiu
Assim fez
Depois ele subiu na copa do patuá
Então dizem que ele subiu para o alto

Puxou o olho do patuá para subir

Aí ele disse: *Lá vai minha coxa, mãe!*
Lá vai minha coxa, minha mãe!
Ah! A mãe nunca pensou que ele faria isso
A mãe pensava que ele estava brincando
Então, dizem que cortou a coxa aqui
Serrou, serrou, serrou suas coxas
Então dizem que jogou as pernas; caíram
Ele soltou as pernas e elas caíram
As pernas dele caíram
Você fez uma coisa que realmente não deveria ter feito, disse a mãe dele
Aí disse: *Ah!*

Então dizem que o Lua subiu para o alto
Eu vou, ele disse
Com isso, você vai juntar minhas coisas, mãe
Então dizem que o Lua foi para o alto
Ele foi
Subiu dentro do patuá
Dentro do patuá, ele subiu
Então ele puxou o olho do patuá
Quando o Lua puxou olho do patuá, houve um estrondo
Parece que arrebentou o olho do patuá
Quando ele ia embora

Então o Lua foi embora
Então dizem que o Lua não viveu mais
Dizem que foi
Assim o Lua ficou lá em cima
É assim até hoje
Por isso o Lua está como é agora

Então por isso as mulheres todas vivem assim

Até hoje fez as mulheres viverem assim
É por isso que surgiu menstruação
Foi assim que começou a menstruação das mulheres
Não foi a vontade do Lua, mas sim de Botyj̃
Mulher não pode viver sem menstruação
A mulher vive como tem que viver
É por isso que Botyj̃ fez isso
É por isso que o Lua ficou assim
Para nós vivermos, o Lua fez isso

Oti

Naka'a saryt Oti
Taaka andyk saryt Oti
Taso tyym naakat Otit
Taso sota

Masong naaka andyk saryt Oti tyym
Naaka andyk
Masong tapan'in ataso'y saryt Oti
Masong taoj̃ombakap akat takãrãt
Tampyso saryt Oti, Oti pan'in

Masong taoj̃ombakap akat takãrãt napyso pysodn andyk saryt
Tik tik, iri'a andyki isok
Ãh! Morã iaka akadna hỹ?
Masong naka'at
Masong nayryt ioj̃ombakap pita ikyn
Yrydn, iri'aj ioj̃ombakap
Ãh! ayryt oko hỹ?, iri'aj

Ãh! Iri'aj ioj̃ombaka pita, *ti'a hỹ?*
Ãh! An aka mini iyryt ykyn?, iri'aj
Ãh! Yryty padni yn akyn yn. Ti'a hỹ?, iri'aj
Pyso pyso ka'at ysok. Tikat ayryt ahop aka ykyn?
Ho y'asot myrỹ'int ytayryt yn akyn yn
Iri'aj ioj̃ombakap

Ãh!, iri'aj. *An aka mini ysok ipyso tykat?*, iri'aj
Mõrã taso akamon hỹ?, iri'aj
Morã taso akamon? Ysok ipysok pysok tykadn?

Ãh!, iri'aj iojombakap
An akat ytakakãrãt yn iri'aj Oti pan'in, iri'aj
Masong naaka andyk

Masong *myna* iri'aj iojombakap
Im'y kinda pasojo isok, iri'aj
Dibm kinda pasojo an nam'y tykiit
Dibm kinda pasoj, pymbak iasop a, ambyygn atasombaki dibm iasooty
Taso'oot atasombaki taso asooty
Masong ataso'oori
An nakahygng my'an!
Masong ataka'aj
Itỳ asondyp tykiri kahyt ataka'aj
Masong tasyky akakit taso'ootot irikãraj̃
Hỹ!, iri'aj
Im'y'oma kinda pasojo asok, iri'aj
Kinda pasojot a'atidnan atakasywi, iri'aj
Kinda pasojot a'atidnan atakasywi iaj̃ot
Kiit tayryrydnaj, iri'aj
Iyryt pahoto padni, iri'aj
Ogngom'oman atakasywi, iri'aj

Masong kasy py 'om saryt mynat
Iyrytyt sokynyn irisywi
Masong kam'yt kinda pasoj tasok j̃ong j̃ong eem tat, iri'aj
Masong pi'idna tat iri'aj
Masong nakakat
Masong nakakat ej̃ep hãraj̃ 'oman iakajt j̃onso tao'it tykiri
Se'a 'omant iakaj j̃onso

Masong nayr yt oko'oom, kiit ikyn Oti, isyky
Isyky akabm my'an
Isondyp andyky 'i
Tapan 'in pita ataso'y saryt Oti, tati'et, iri'a oori 'aty

Masong naakat tẽẽ, iri'aj

Tẽẽ, moj̃ ir i'aj go
Moj̃ hã hã hã tee, kiit pymyrat iyryri i
Nayryt
Masong taeremby opi atip jykyt iri'aj kinda pasojoty
Tapymbangã pydn tyym i taj̃oj̃ kinda pasojo se
Masong nayryt saryt Oti ikyynt
Nayryt okotyn, pymbak iri'aj ipyp

Ãh! Ayryt hỹ?, iri'aj i
Yryt yry, iri'aj
Apyryryt my'anan, iri'aj
Akyyn ytayryt yn, iri'aj
Masong yryt pa'in pitat masong aka hỹ? An pita mon jo hỹ?,
iri'aj
Yn naakat, iri'a omaj̃ i
Jo'a, ko'ãj̃ty, iri'aj
Masong ti'ahỹ?, iri'a'om andyki Oti

Masong napy so saryt isok tik, iri'aj
Napysot isok, tasok ipyso tysypy'oot pymbak
Kinda pasojo se okyp
Pymbak pymbak ko'ãj̃ty
Apip pymbak kinda pasojo sety
Pitat, iri'aj
Masong napymbak saryt iaso okyp; pymbak, iri'aj
Pymbak iaso okyp taambyyk
Ãh!, iri'aj. Atykiri napyso andyk isok pysodn, iri'aj
Masong kinda pasojo se eem tyyt
Ihõroni padnoko iasop tapymbagng tykiri kinda pasojo se
Atykiri nakatata'om andyk saryt
Tapan'in so'y byyk
Masong nakatat

Haabm iri'aj go

Atykiri napikarant i dibm, i pan’in
Masong nakaeem kinda pasoj iasop
Eem tat, iri’aj
Masong nakamhoron’om andyk saryt i
Horon horon horon i’a’omaj̃
Ihorodni padni iasop kinda pasoj
Pyry’eemen
Masong eem iriakaj

Masong napi mboop, taso pojongot taso’ootot irikãraj̃ ipan’in
Sombakat sombakatat sombakatat, iri’aj tasoty
Apip namboryt saryt i
Atop iri’iwak
Atyym pyry’a tykadn kinda pasoj pyrorat tykadn sarytyn Oti

Ãh!, iri’aj.
An nakahyk my’an kat yjxa yi´a tykat ysyky!, iri’aj
An nakahyk my’an kat yjxaty i´a tyka kat ysyky, iri’aj
Kat atakahyk my’an an, iri’aj
Ãh!, iri’aj kahyt iri’aj saryri
Naka’oot, iri’aj
Iri’aj saryri kahyt Oti tapan’in tyyt iaka
Naakat andyk kahyt
Masong naka’a okotyn
Naka’a okotyn mynhodnop i aka
Masong naaka andyk
Masong nakahadna’om andyk saryt tati tyyt
Ewyty ytasiki’y yti, iri’aj
Ãh! Yjso’oot y’et, iri’aj iti
Yjso’oot y’et yjxa i’ot ewy, iri’aj iti
Ewy kasot hak yti. Yjso’oot yti, iri’aj
Atykiri kahoto’om saryt tati tyyt
Tamtarakat iritari
Masong kahot saryt tati tyyt
Terek terek terek, tong, iri’aj

Hodn naakat ho ewy yti, iri'aj
Ewy kat ho, iri'aj
Masong naso'akyn tatity

Yti, iri'aj
Syyt ako naakat ysok yti, iri'aj
Hirã andyka ysyytyt yti
Ororojoty yti, iri'aj
Masong napimbopo'om, hỹ y'et?, iri'a andyki iti
Apip napimbopo'oot i
Iti isikinim iti
Kahyt tam'a tykat, irikãraj̃
Tapynsoatyk tykaty, irikãraj̃ iti
Masong napimbopo'op gaat tanakymbity
Masong napimbopo'op saryt pimboop, pimboop, pimboop,
iri'aj
Pimboop pimboop apip nasoewat Oti
Kary tati kyry kyri
Tati kyry kotat, iri'aj tatity

Masong naõk o saryt tati
Pak pygng ojdn iri´aj tati okyp
Ãh! Sarawak pitat 'a tyka ano y'i, iri'aj iti
Kinda am'aki pita an nam'a tyka ano y'i, iri'aj iti
Mo ari'aj myn i, iri'aj i
Nakakat yjxa kaki daki yjxa, iri'aj
Asikina my'ana ano, iri'aj iti
Apirip napyso saryt tatisok
Ajyk ajyk pak, iri'aj
Kinda am'aki pita na am'a tyka ano asikina my'ana ano, iri'aj iti
Ari'aj, i 'a'omaj mo ari'aj, iri'aj i
Kat yta aka daki yn, iri'aj

Aty kiri ko'ãj̃ty, yn naka'ot andyki yn mo, iri'aj
Yn nakaora andyki ewy yn, iri'aj

Yn naka'ori ewy yn
Ioto'oma asikirip pihota, iri'aj iti
Ipyhowoko'omi ity iti
Pa'ira tat ia'omaj ity iti
Iahãrajĩtxi padni padni ihot iaka
Masong kahyt iaka akaj Oti
Kata'atyka tyym nasoyn horo yjxat
Kahyt naka'ora kat Oti
Kat iakabman an
Kata aka ajĩon iri'aj kahyt

Masong naam bot ohyn, tamtarakat
Masong naambot ohyn ewy ohyn
Masong katat parajak parajak parajak ambodn iri'aj
Masong kahy ewy iti, iri'a 'omajĩ
An mara ora ewy yti, iri'aj
Apip irihynoko iti taso'y tykiri
Napa'irat iti

Masong naka oto'om saryt
Sang sang kip kyrapygng iri'aj ewy
Kahy iri'aj
Apip naambo saryt ewy kypip tamambo akat
Masong naambot saryt ohyn i
Naatej saryt ewy

Masong *kahy yĩjymbo yti*, naka'a saryt
Kahy yĩjymbo yti, yĩjymbo okyp an namboji y'a kinda yti, naka'a saryt
Ãh! Kahyt i'aty irikãrajĩ andyki iti
Masong pyt'oot pyt'oot i'aty irikãrajĩ
Masong naopĩt saryt ajĩymbo hypypip
Kiip kiip kiip iri'aj tajĩymboty
Masong naatik saryt tasa'ep, 'ot 'ot
Pak iri'aj kyrapygng

Iri'aj isa'ep 'ot 'ot
Kinda am´aki pita an nam'a tyka ano y'ii, iri'aj iti
Atykiri *Ãh*, iri'aj

Atykiri naa mbot saryt ohyn Oti
Atykiri ypyrytat andyki yn, iri'aj
Kahy okyp anamboji akinda yti, iri'aj
Atykiri nakatat saryt Oti ohyn
Katarantyn 'a
Naambot ewy kypip
Ewy kypip taambot tykiri
Ewy ombet ata atej saryt
Masong natej ewy ombet tyryyt taadn yjasat iri'aj
Kyyj yjasat iri'aj ewy ombetety
Katat tysypy'oot

Masong naka tat Oti
Atykiri imbodnoko saryty padni Oti
Pyrytat sarytyn
Atykiri naakat ohyn Oti
Kata´a tyka tyym
Atykiri naka'a tyka kahorot Oti

Atykiri mah orot naka'a gidn j̃onso tyym
Mata agngi tyym naka'at kahorot tatyym kat j̃onso byki akaty
Atykiri naka'ooto 'oot j̃onso sara, j̃onso som
Nakakii'oot kahyt j̃onso
Kahyt koro'op, ikoro'op araki Botyj̃ koro'op naakat
Ikiipadna padni j̃onso kahyt kiikit
Takipi tyym tyym kakiit j̃onso
Atykiri nakam'at kat Botyj̃
Atykiri naakat kahyt Oti
Kahyt j̃onso bykiipat, kahyt yjtakiipat masong nakam'oot
kahyt Oti

Antes do menino caçar e se casar A próxima história é sobre *Osiip*, um ritual de iniciação masculina que não é mais realizado pelos Karitiana. A geração atual de homens mais velhos, porém, vivenciou o ritual.

O menino, antes de começar a caçar e poder se casar, precisava perfurar os ninhos de diferentes tipos de vespas e tomar banhos de plantas importantes para o grupo. Nesse período, o iniciado precisava também fazer uma reclusão alimentar e manter um comportamento reservado, tudo sob supervisão de um homem mais velho, geralmente seu pai.

A narrativa de *Osiip* foi contada por Cizino Karitiana, o último pajé do povo até o presente momento, para sua família estendida e Luciana Storto, que a transcreveu e traduziu com Nelson Karitiana, João Karitiana, Luiz Karitiana e Inácio Karitiana. Quando, na narrativa, Cizino se dirige a um interlocutor, está falando a seu filho mais velho que ainda não se casara, para explicar que o ritual teria sido necessário no passado quando ele fosse se casar.[1]

1. Para esta publicação, o material foi editado por Luciana Storto e Ivan Karitiana. Uma primeira descrição do ritual e análise linguística do uso da arte verbal nesta narrativa foi publicada em 2019 por Luciana Storto em *Línguas Indígenas: tradução, universais e diversidade*, através da editora Mercado de Letras. A versão publicada aqui tem um número diferente de sentenças, pois o critério usado nesta é prosódico e naquela era sintático, mas a divisão da narrativa em partes permanece a mesma.

Uma análise antropológica do ritual, de autoria de Felipe Vander Velden, é feita em um manuscrito inédito que comentaremos aqui, pois esclarece aspectos do significado do ritual e da relação dos Karitiana com seres não humanos, como as vespas. Vander Velden sugere que os Karitiana usam picadas de vespas consideradas caçadoras para através do ritual adquirir esta característica das mesmas. Neste manuscrito inédito,[2] o autor procura identificar algumas espécies de plantas e vespas citadas na narrativa, entre elas a planta denominada *sojoty*,[3] cuja seiva leitosa é usada como remédio no ritual.

2. Intitulado *As vespas que caçam com seus dentes: artefatos multiespécies, ritual e relações entre humanos e não humanos entre os Karitiana (Rondônia).*
3. *É como batata do mato* ou *folha que arde*, dizem. Certamente se trata de uma *Araceae*, talvez a que chamamos de *comigo-ninguém-pode*, possivelmente *Dieffenbachia seguine.*

O ritual de iniciação masculina

I

Meu pai me disse, antigamente
Quando temos dez anos de idade, nos fazem receber o Osiip
Aos dez verões é a salvação do mau caçador do nosso povo
Nós perfuramos o vespeiro, nos fazem passar a planta *sojoty*

Nossos pais nos aconselham quando estamos prestes a nos casar
Quando estamos prestes a receber uma mulher
Quando nós, de fato, recebemos uma mulher, nós perfuramos o vespeiro
No meu caso, eu não perfurei muitos vespeiros

II

Há verdadeiros perfuradores de vespas
Perfuradores de vespas por dez vezes, perfuradores de vespas por cinco vezes
Quanto a mim, eu perfurei vespeiro apenas quatro vezes
Quanto a mim, quatro vezes apenas eu perfurei vespeiro

Logo após receber as vespas, não se pode comer
Três dias depois das vespas, já se pode comer
É muito difícil, por causa da fome e da sede
Deita-se, não pode haver nenhuma conversa, não pode haver nenhum barulho

Deve-se caminhar em direção à serenidade
Quando se está sereno, o espírito do Osiip trabalha
Nós matamos caça

Depois de três dias, nós comemos um mingau forte
Mingau forte, sementes de milho torradas, espigas de milho assadas com as folhas, milho assado na espiga é o que nós comemos
Não se bebe água
Chicha é para ser bebida
Não se bebe água mesmo
De acordo com a palavra dos nossos pais

III

Com a palavra do meu pai dirigida a mim, eu fiz o Osiip
Por causa disso eu mato um pouco de caça assim até hoje
Macaco apenas
No meu caso, eu não matei caça grande

O Osiip é bom
Não se mata caça de graça
Não se come caça de graça
Não se comia caça de graça, antigamente
Homens sem o Osiip não matavam caça, antigamente
O homem que não soubesse matar não era presenteado com caça, antigamente
Então, por causa disso, costumava-se passar pelo Osiip antigamente

O meu pai falou comigo
Receba o Osiip, o meu pai disse para mim
Você não vai matar caça para a sua esposa se você não receber o Osiip
O meu pai disse para mim

Quanto a mim, eu recebi o Osiip por isso
E fui então tirar as plantas da mistura para o Osiip, as plantas para as vespas: *sojoty, ewoket, gosonderepo, Osiip tepy*, e *pasỹ*
O Osiip é recebido com a mistura
Sem isso, o espírito do Osiip não trabalha

A pessoa não deve comer escondido, não deve se masturbar; isso não é para ser feito
Não é para se comer mamão, óleo não é para ser comido, coisas gordurosas não são para ser comidas, não se conversa com mulher, mulheres não podem se aproximar enquanto nós estamos passando pelo Osiip

Então, meu pai disse para mim *nós ainda não terminamos*
Então, quanto a mim, eu recebi o Osiip
Então, quanto a mim, eu perfurei o vespeiro
O meu pai cantava, enquanto eu perfurava o vespeiro
Cantar, cantar, cantar, o meu pai fazia assim enquanto eu perfurava o vespeiro

Então, no meu caso, eu perfurei o ninho das vespas *gop miem*
As *gop miem* são dolorosas e rápidas
Ao meio-dia, a dor da *gop miem* diminui
Às duas horas, nós estamos rindo
Eu vou conseguir sarar, você diz então
Não era a minha hora de morrer

Você sarou?, o nosso pai nos pergunta então
Sim, nós dizemos ao nosso pai
Muito bom, o nosso pai diz então
É muito bom, você viu?, diz então o nosso pai
Você não morreu mesmo, viu?, o meu pai me disse

Então, quanto a mim, cinco dias se passaram
Depois de cinco dias, a primeira coisa que eu matei para sarar foi passarinho

O pequeno pássaro *morondek* está entre os primeiros que se come para sarar
O pássaro *piisomo* está entre os primeiros que se come, sem espalhar as sobras, para sarar
Depois de matar os primeiros passarinhos que se come para curar, a pessoa come outros: *yrypano*, *pityjo*, *hanhano*, *yt'yto*

Naquele momento, caça de grande porte ainda não seria comida
Você ainda não comerá caça de grande porte, o meu pai me disse
Ou você salgará, disse o meu pai
Você não vai comer caça grande, ou você vai reter líquido
Por causa disso, eu não comia aquilo; aquilo não era comido lá
Então, depois de dez dias, depois de dormir dez dias, a pessoa come caça grande
Come-se porco selvagem, macaco. Quanto a macaco-aranha, não se comeria ainda
Depois de vinte dias, a pessoa já come macaco-aranha
Então já não é mais ruim

A pessoa ainda não deve se banhar
Vai se banhar com a planta *Osiip tepy*
O *Osiip tepy* é nosso instrumento de banho
O *Osiip mynan*, também, o *'ewoket* também

Então, um mês depois, a pessoa come peixe
O peixe jatuarana grelhado é um dos primeiros que se come
O peixe-cachorro é um dos primeiros que se come
Traíra, um peixe caçador, é um dos primeiros que se come
Então, depois de um mês, come-se jatuarana

Então, aos dois meses, caça realmente mansa começa a se aproximar
Veado, caça, o Osiip amansa, amansa
Caça, o Osiip amansa
Porco selvagem, o Osiip amansa

Caça, o Osiip debilita
Caça, o Osiip desnorteia
Então, no caso do nosso povo, nós gostamos que a caça se aproxime de nós

Nós sabemos como matar a caça, nós atiramos bem
Nós não trememos mais
Então nós matamos a caça com arco e flecha
Não se matava caça com as armas do homem branco, antigamente
Grandes flechas matavam a caça, antigamente
Com flechas de ganchos, a pessoa fazia a caça morrer gritando, antigamente

O meu pai falava, antigamente
Eu fiquei com o meu pai até amadurecer como atirador
Com a sorte que eu tinha, o meu pai matava muito
Dez macacos, o meu pai matava
Quanto a mim, eu só matei três

IV

Era assim
Então em três meses, o Osiip acaba
Se não se casa, não acaba
Se a gente não casa, o Osiip será repetido depois de três meses
Então já não é mais ruim
Nós não ficamos loucos, nós ficamos espertos

Quando acaba, em quatro meses, a pessoa faz o Osiip de novo
A pessoa pega novamente *gop sõwõrã*
O vespeiro *gop miem* não é perfurado novamente
Vespeiros de *gop sõwõrã* são perfurados novamente

As vespas vermelhas me fizeram desmaiar

Vespas vermelhas são muito dolorosas
Só quando cai a noite as picadas de vespas vermelhas aliviam
Quando dormimos, melhora

Depois que melhora, a pessoa perfura novamente
Bate, bate, fura, a pessoa faz um buraco novamente no vespeiro
Então a mão entra, a larva dele é novamente removida
Retira novamente a larva
O nosso braço inteiro é coberto de vespas novamente
A dor fica conosco até o romper do dia
Aquilo fica até o romper do dia

Então é assim que éa o Osiip
Quanto a mim, eu peguei as vespas quatro vezes
As vespas *gop sõrõwã*, as *gop miemos* as *gop miemo* duas vezes, as *gop sõwõrã* duas vezes também
As *gop bisõwõrã* eu não peguei
As *gop bikip* eu não peguei
Foi assim

V

Então quanto a mim, eu matei caça
Macacos, eu eliminei muitos macacos
Quanto a mim, eu matei muitos macacos
Quanto a mim, eu carreguei muitos cestos de caça

Por isso, eu casei
Quando eu matei caça, o meu falecido pai me liberou para uma mulher
Case-se, ele disse
Por isso, eu casei
Casar eu fiz
Eu fiquei com esposa
Minha esposa nunca passou fome comigo

No meu caso, eu matei caça
No meu caso, eu alimento a minha esposa assim até hoje
Com a arma do homem branco, eu alimento a minha esposa assim até hoje
Desde que eu fiz o Osiip, eu sou um bom caçador, e assim permaneço

Eu não sou um bom caçador, eu sou um caçador mais ou menos até hoje em dia
Permaneço até hoje
Antigamente, eu não era desse jeito
Eu não precisava sair antigamente, não mesmo

Na fossa, então, havia macacos
Macacos apareciam de repente
Nós não íamos longe
Cotia é a primeira caça que aparecia sorrateiramente
Nós buscávamos as nossas armas e logo, havia macacos lá
É isso que a gente matava
Não havia falta de caça
Nambús, quando fazemos o Osiip, aparecem muitos nambus

Quando você fizer o Osiip, você também vai ser assim
Você não vai mais ser como você é agora
Você não vai mais ser caçador ruim
Você não vai mais ser um mata-nada
Vocês vão sentir o peso da sua caça

Plantas parecidas com cipós precisam ser passadas em nós
O timbó precisa ser aplicado no nosso rosto
Aplicado aqui no rosto
Aplicado aqui e aqui
A erva *pasỹ* tem que ser aplicada aqui e aqui

O Osiip faz a gente ficar com tornozeleiras e um cinto, que cheiram bem

Então a caça definitivamente não desaparece
O cipó do Osiip é feito para ser colocado nos nossos pênis
A nossa urina o joga fora
A nossa urina faz *tchoo*, pra cima
Nós não tocamos no nosso pênis
Então nós matamos a caça

Então os nossos velhos dizem
Agora atire para cima
Em quatro meses, os nossos velhos nos dizem *tente aquela em seguida*
Então nós atiramos, bem envergonhados
Não achamos que vamos acertar, mas acertamos

A flecha vai sozinha nela
Voa, acerta no meio dela
A flecha cai, bonita, junto da caça
Ai, perfura
Nós achamos que acertamos sem querer

Então nós fazemos novamente
Nós não achamos que vamos acertá-la, mas, mesmo assim, de qualquer forma, nós acertamos novamente
Voa, acerta novamente
Nossa flecha nunca está vazia

Ah, eu estou assim, nós dizemos
Nós ficamos muito bons
A nossa flecha fica como a arma 22 do homem branco
Nossa flecha genuína
Cai apenas na caça
Mesmo que pensemos que não vamos acertar, acertamos
A flecha encontra sozinha o seu caminho até a caça
Eu fiz o pai do Rogério ficar meio ansioso por causa de um jacamim voando

Era assim realmente

O meu pai cantava assim
Há muitas músicas do Osiip

Cesto de caça até o topo, até o topo, até o topo
E eu o estou carregando, estou
Cesto de macacos até o topo, até o topo
Cesto de macacos-aranha está cheio até o topo
E eu o estou carregando, estou

Esta é a música do Osiip

Bate, bate, bate, bate, a madeira que se move está chorando

Agora é isso, acabou

Quando nós estamos começando a entrar no ninho das vespas
O pássaro *teõwãt,* olha para nós. O pássaro *eet'eet*, olha para nós. O pássaro *hĩrã*, olha para nós
Vá, eles nos dizem
Então nós não ficamos mais parados

Os nossos pais pegam a gente
No peito deles os nossos pais nos levam
Empurrar a gente quando está perto das vespas, os nossos pais fazem
Então os nossos pais correm um pouco

Cair em um abraço, nós fazemos, no topo do ninho das vespas
O nosso medo não existe mais
Susto, ele nos pega com isso
Nós então nos sentamos abaixo dele, nessa altura, na árvore
Nós nos sentamos de frente para ele

Então as vespas fazem *ffffff*
A mão vai para dentro e para fora do ninho
Nós limpamos o agrupamento delas
Depois disso, várias vespas picam o nosso braço esquerdo

Então nós pegamos a sua larva
E a colocamos aqui no nosso peito
Nós não respiramos mais

Eles dizem que isso é para que o nosso cesto de caça fique tão cheio que mal possamos carregá-lo
Eles dizem que nós ficamos curvados
Então nós caímos muito perto, exatamente lá

Então nós aplicamos a planta *sojoty*
Tiram-se os ferrões
Nós aplicamos a planta *sojoty* nos ferimentos deixados pelos ferrões
Nós fazemos uma massagem usando o *sojoty*
Também há um tipo diferente de *sojoty* cru
Você vai aplicar? Sojoty *cru?* os nossos pais nos dizem
Aplique-o, nós dizemos
Nós achamos que a dor vai embora
O nosso pai aplica isso em nós
Passa, passa, passa no nosso ânus, no nosso pênis
Não há mais
Então a dificuldade de caçar vai embora
Então não há mais dificuldade de caçar
Com essa aplicação, nós sentimos a dor do *sojoty*
O *sojoty* dói de um jeito diferente

Foi assim que eu fiz
Então o meu pai riu de mim
Então para a minha surpresa, de tarde eu já estava curado
O meu pai ficou alegre
Agora, você vai matar caça, meu filho
Você vai matar para a sua esposa
Você vai matar para os seus familiares
O meu pai disse pra mim

Então eu já não era ruim de caça

Aí eu me tornei um verdadeiro caçador
Um verdadeiro matador de caça
Um verdadeiro matador de mutum
Por causa disso, você está bem alimentado hoje

VI

Agora eu só mato com a arma do homem branco
Eu não costumava matar com as armas do homem branco antigamente
Quanto a mim, é com flechas que eu costumava matar antigamente
Fazer tiro ao alvo

Depois disso, eu perfurei de novo
O *gop miem*, eu perfurei novamente
O *gop miem* que tinha deixado o ninho
Esses não me picaram
Esses não picam muito
Então eles só picaram o meu peito

Depois disso, eu não tinha mais o meu pai
O meu pai morreu
Quando eu estava quase concluindo o Osiip, o meu pai morreu
Depois que meu pai faleceu, eu não perfurei mais vespas

Foi aqui que eu perfurei novamente um vespeiro
O irmão do meu pai me fez colocar a mão no vespeiro *gop sõwõra*, o irmão mais novo dele, meu cunhado, meu sogro, me fizeram colocar a mão em um vespeiro
Desta vez, a vespa *gop sõwõra* me picou
A vespa picou até as minhas orelhas

No começo, não se come no Osiip
Nós dormimos três dias

Fica-se muito fraco
Quando dez dias passavam, os homens daqui costumavam matar a primeira coisa para comer
Em cinco dias, o meu pai me deixou comer passarinho

Então nós vivemos como bons caçadores até os dias de hoje
Waldemar, Garcia, nós estamos matando um pouco até os dias de hoje
Antigamente, nós nos guiávamos pela vivência dos nossos anciões

Osiip

I

Pyry'a ta'ãn y'it keerep
Dez anos yjakat yjxa nakam'yt Osiip
Dez ngogorongãt yjxa osiit
Yjxa naka'obm gopo, yjxa nakam'yt sojoty

Nakahadn yjxat yj'it yjsooj pasagngam tyki'oot
J̃onsot yjamy pasagng tyki'oot
J̃onsot yjamy tykiri, yjxa naka'obm gop
Yn i'obm pitani yn gop

II

Pyrykiidn taso gopo'obmon tyym
Dez gopo 'obmono, cinco gopo 'obmono
Quatro myry'in yn naka'obm yn gop
Otadnamyn yjpyoot myry'in naka'obm yn gop

Atykiri ipynpyt'y adyky gop by'y
Myj̃ymp yjkat napynpyt'yt gop
Asara'idna pitat opipytyty seakaty
Neng nengãt, ipynhadni ipynorooroni
Pongyp napyntarakat
Pongyp yjakat tykiri, napysemem Osiip
Yjxa naokyt him

Tres dias yjakat yjxa naka'yt sojsara

Sojsara, j̃om hopo, j̃om pyka, j̃om porojo yjxa ti'yt
Ia'y ese
Kytop ia'yt
Ia'y padni ese
Yj'iti hadna tyym

III

Ynty y'iti hadna tyym yn nakam'at ta'ãt Osiip
Atykiri yn naoky pymbyrat kinda ka y'a tykat tyym
Pikom myry'in
Yn ipopi padni him ondyt yn

Osiip naakat ise'at
Kydnym iaoky him
Kydnym ia'y him
Kydnym ia'y keerep him
Taso osiiki ioky padni keerep him
Iahiti padni him okyykit keerep himty
Atykiri nam'yt keerep Osiip

Nakahadn ta'ãt ynty y'it
Im'y Osiipo naka'at ta'ãt ynty y'it

An ihot oky asooj Osiip an nam'yki tykiri
Naka'at ta'ãt ynty y'it
Atykiri yn nakam'yt ta'ãt Osiip yn
Yn nakako andyk Osiip pyj̃ongo, gop pyj̃ongo, sojoty, ewoketo,
gosonderepo, Osiip tepy, pasỹ
Ipyj̃ong pyj̃ongãt, nam'yt Osiip
Aki tykiri ipysemem padni Osiip

Ipynpyt'y saramynt, ipynpyso'y, iam'a padni 'a
Ia'y padni byyty, ia'y padni oleo, ia'y padni kinda oroja, ia'y
padni asyryty, iamhadni j̃onso, ipyrõtamy j̃onso yjosiit tyki'oot

Atykiri *yjotamki tykiri* kahyt naka'at ta'ãt y'it ynty
Atykiri yn nakam'yt Osiip yn
Atykiri yn naka'obm ta'ãt yn gop
Nakahyryj̃ ta'ãt y'it gopo'obm tyso'oot
Hyryj̃ hyryj̃ hyryj̃ naka'at ta'ãt y'it gopo'obm tyso'oota

Atykiri yn naka'obm yn gop miem yn
Oti okyn taakat gop miem
Omenda tapihogon gop miem oti
Gokaradn yjtaandyjyt
Atykiri ypynoydn my'an an daki
Ypopopa akam'ani gop yjxa ka'a nayt

Atykiri *aoyt hỹ?* naka'at yjxat yj'it
Yoyt ỹrỹ yj'it, yjtaka'at yjxa
Se'a pitat, masong ka'at yj'it
Se'a pitat aso'oora hỹ? masong naka'at yj'it
Popoki pitat an 'a, naka'at ta'ãt ynty y'it

Atykiri ytakakat yn yjpyt yn
Yjpyt ykat ytaohyj̃ym okyt yn iij̃
Iij̃ 'ina morondek taakat ohyj̃ym
Piisomo pyrohyj̃ym oro'oroni
Ohyj̃ym pita yjnaoky byyg na'yt iij̃, yrypano, pityjo, hanhano, yt'yto

Ia'y andyky him ondyty tyym
An i'y andyky him ondyt naka'at ta'ãt ynty y'it, *an takasiibmaj̃*, naka'at ta'ãt ynty y'it
An i'y padni him ondyt, an tapese tygngaj̃
Atykiri yn naka'ykiit ta'ãt; a yn ia'y a
Masong dez dias yjakat yjpyotatytap yjkat tykiri, naa'yt him ondyt
Naa'yt sojxa, pikomo, 'õrom ia'y andyky 'õrom
Yj myhin pipyyk yjkat naa'yt 'õrom

Atykiri isara'it oko

Ipynoty andyky
Osiip tepyt napynoty andyk
Osiip tepyt nam'at yjotyypat
Osiip mynam tyym otyypat, 'ewokete tyym

Atykiri myhin otidna na'yt 'ip
Pojpoko byhibmina ia'y'oot
'Am naakat ia'y'oot
Biira, 'ip pykop naakat ia'y'oot
Atykiri myhin otidnat na'yt pojpok

Ambygng sypom otidnat yjakat takaheredna'oot him sikirip pitat
De, him ataompong ompong Osiip
Him ataompong Osiip
Sojxa ataompong Osiip
Him amsikini padni Osiip
Him atampa'irat Osiip
Atykiri yjtaso'oot hãraj̃ yjxa him herednat yjxa

Yjtapypyydn him okyyp yjtakapon hãraj̃ yjxa
Yj̃orosowot oko
Atykiri yjxa naokyt bypan pitapip tyym him
Opok bypan pip iaoky padni keerep him
Bokore naokyt keerep him
Napisỹ pip imkikĩ popit nam'at keerep him

Naka'at ta'ãt y'it keerep
Y'itityyt ytaaka andyk ta'ãt ypyokõrõngyt tyki'oot yn
Ysondak atapopit ta'ãt y'it
Yjpy otatytap napopit pikom y'it
Myj̃ymp myrỹ'ĩt yn napopit ta'ãt yn

IV

Naka'at ta'ãt kahyt
Atykiri myj̃ymp otidna namondet Osiip
Yjsooj pasagngam aki tykiri, iamondete padni
Yjsooj pasagngam aki tykiri, namondet Osiip myj̃ymp otidnat
Atykiri isara'it oko
Yj̃oropopobmi, yjtaakat se'at

Yjxa imondet byyk otadnamyn otidnan nam'y okoot Osiip
Nam'y okoot gop sõwõrã
Ia'obm oko gop miem
Gop sõwõrã ia'obm okoot

Gop sowõrã ytaoky 'it ta'ãt yn
Oti pitat gop sõwõrã
Go moj̃ tapihogngon gop sõwõrã
Yjkat ta'oot napihogngon

Masong ipihogngon byyk na'obm okoot
Tyng tyng pỹk nam'a okoot gopo 'op
Pytat masong nam'a okoot i'it ikyn
Naapykyj okoot i'it
Yjtaotõ okoot yjj̃ongo akatyym
A naakat ipyt haap yjxat
A naakat ipyt haap

Atykiri naka'at Osiip kahyt
Otadnamyn yn nakam'yt yn gop yn
Gop sõwõrã, gop miemo, gop miemo sypom, gop sowõrã
sypom tyym
Gop bisõwõrã yn tim'ykit
Gop bikiip yn tim'ykit
Naka'at kahyt

V

Atykiri yn naoky ta'ãt him yn
Pikomo, ytapyriit pikomty yn
Yn napopit pikomo yno
Yn natayt serepam yno

Atykiri ytakasooj ta'ãt yn
Him yn naoky tykiri, napyhit ta'ãt ynty ymbykit j̃onsoty
Asodj̃a ano, naka'at ta'ãt
Atykiri ytakasooj ta'ãt
Soojdn ytaka'at ta'ãt yn
Ytaaka ta'ãt j̃onso tyyt yn
Iopipydni yhot ysooj

Yn napopit himo yno
Yn napyt'yt yno ysooj ka y'a tykat tyym
Opok bypan pip yn napyt'yt horo ysoj ka y'a tykat
Yosii tykiri, sondagng pitat tyym ka y'a tykat

Ysondagõko tyka soro aty, mynda sondagngan ytaka'a tykat
Ka y'a tykat
Ahorot yaka padni keerep
Ymboryty padni padni keerep

Gyj̃ipa pip tyym naakat pikom
Taasootap'oot ojdn'oot ojdn, naka'at pikom
Opap yjtata padni
Myndo horot naaka'ooto'oom him
Teteet kej yjpanty yjxa a'oot naakat pikom
A naakat yjxa tiokyt
Piharap iki padni him
Pomo, ipynboryty padni pom, yjosiit tykiri

A horot tyym ajxa ka'aj ajxa ajosiit tykiri
Mahorot aj̃oroki oko

Aj̃oro sondakap oko
Pont horop aj̃oroki oko
Ajpyrym'ewep daki him

Tepa horot iki naakat iam'yt yjsok
Ting iam'yt yjasoop
Hyp a'a pasỹ
Pasỹ nam'yt ma, nam'yt ma
Tiing tiing nam'at mapip pasỹ

Kysembyk sokotyt, atyyt napỹrãkat yjj̃ing hãraj̃xat napỹrãkat
Osiip
Atykiri imbodn oko padni padni him sikina
Yjopop bik nam'at Osiip tepy
Yjsi kapydn 'a
Xooo kin, naka'at yjsi
Pynpyso'y yjopo
Atykiri yjxa naokyt him

Atykiri pyryhadnan yjxaty yjhyko
Apõrã kabman ohyn goop
Otadnamyn otidnat *a pasagngã kabma j̃aty* naka'at yjxaty
yjsota
Atykiri yjxa kapon, yjxa yjombyky pibm pibm
Isok yj'aty yjkãrã sogng isok yj̃oro'i

Ta'asotap katat bypan ikyyn
Pyrrrr sok isendap
Naka'ot se'a pitat yjpan him tyyt
Kyra pyygng
Isok a'ojdn yj'at yjparakãrãrĩ

Masong yjxa ka'a okowak
Isok yj'at yjkãrasogng isok yj̃oro atĩ
Pyrrr sok andagngan
Ipi'ywypy padni yjpon

Kat ytaka'a tyka akabm an, yjxa ka'at atykiri
Se'a pitat yjta'akat
Naki horo opok bypan vinte e dois apykop akat naakat yjpan
Bypan pita
Himsok myry'in ka'ot
Isok yj'at yjkãrãsogng isok yj̃oro'i
Taasootop nasonderep yjpan himsok
Rogério 'it naakat yn timkyrypywak, yhot syyj̃ tengãsok
Naka'at ta'ãt pita

Kahỹryj̃ ta'ãt ymbykito
Pyrykiidn Osiipi hỹryj̃a
Serepam okywyndok okywyndok okywyndok
Yn na'a tyka ki myno myno
Pikomo serepamo okywyndok okywyndok
'Oromo serepam okywyndok
Yn na'a tyka ki myno
Naka'at Osiipi hỹryj̃a
Kyn kyn kyn kyn 'epe kaj̃a ihyryp tyj̃at
Naka'at kabm, naka'at ipyykyp

Gopokyn yjmem pasagng tyso'oot
Ytakyn asomorã teõwãt. Ytakyn asomorã 'eet'eet. Ytakyn
asomorã ytakyn hĩrã
A'aso'oora yjtam'at yjxa
Atykiri yj̃oroso oko

Tik naka'at yjsok yj'it
Takyryp yjta'atot yj'it
Bypiit gop akat bik, naka'at yjxat yj'it
Atykiri nakapykyn pymbyra yj'it

Pak pygng, yjxa ka'at iokyp yjxa
Yjpi tysot yj̃oroso oko
Tej, i yjtakaot takyn

Dognga'ot, masong kat naohyn akat 'ep
Dognga'ot yjxa ka'at yjxa iyrypap yjxa

Masong ka'at gop *ffffff*
Pytat pyp masong naym'at
Byj naam'at itop
Atykiri atyp iriso oko gop yj̃ongo poj̃sok
Masong naampyp i'it
Mak yjkyryp
Yjhan oko padni yjxa

Serepamaty yj'ewep tyka'ooma
Naaka saryt omem omem yjtat
Atykiri yjtaka'oot, ony horot, bypit tapitat

Atykiri yjxa nakam'yt sojoty
Naapykyj isypojo
Nam'y sojoty isypoj okyp
Piik piik piik nam'at sojoty tyyt
Tamyryta tyym naakat sojoty hipiki
An im'yj̃ hỹ? sojoty hipiki hỹ? Naka'at yjxat yj'it
Im'y yjtaka'at yjxa
Ipihogonat yjkãrãt
Nakam'yt yj'it a yjsok
J̃ong j̃ong yjjere'oworip, yjoporip
Imbodn oko
Atykiri nakahot sondakap
Atykiri imbodn oko sondakap
Aatyytap yjtapytyp andyk yjxa sojotyty
Mynhodnom tyym naotidn sojoty

Ytaka'at ta'ãt yn
Atykiri naandyj ta'ãt yhot y'it
Atykiri ytaoyt my'an gomoj̃ gop sowõrãty
Masong naosedna y'it

Kabm anaokyj him, y'it
An nakahot okyj asooj
An nakahot okyj aky'o
Naka'at ta'ãt ynty y'it

Atykiri ambyk ysondakap oko ti'ĩ yn
Atykiri ytaakat ta'ãt sondaga pitat
Him oky pitat
Bisỹ oky pitat
Atykiri ajna'agi horo mahorot pyt'yt ajxa

Pongpan pip myry ĩt yn naokyt ka y'a tykat
Pongpan pip yn ioky him keerep
Bypan pita pip yn naokyt yn him yn keerep
Paj syk isok

Ambyk tyym yn naka'obmo okoot ta'ãt
Gop miem yn naka'obm okoot ta'ãt
Gop miem asop tysyp
Yotong tĩ'ĩ padni 'a
Yotong pitadni 'a
Atykiri ykyryp myrỹ'ĩt ytaotõ ta'ãt

VI

Ambyyk imbodnoko tĩ'ĩ y'it yhot
Nakamboop ta'ãt y'it yhot
Osiipit ypyndangĩwak nakamboop ta'ãt y'it
Y'it bowyt tykiri, yn i'obmo oko tĩ'ĩ gop
Hak yn naka'obm oko ta'ãt myhin gop
Ysyp'et ytampytat ta'ãt, iket, ysymbo, ysojo syp ytampytat
ta'ãt gop sõwõrã pip
Atyym ytaotõ ta'ãt gop sõwõrã
Yopirisawarip ytaotõ ta'ãt yn gop

Ipynpyt'y adyky padni Osiip
Myj̃ymp yjkat
Pysowot pysowot harara
Yjpy otatytap taakat naohyj̃ym okyt hak taso ki
Yhot y'it naakat yjpyt kat, iij̃ 'yt

Atykiri ytaka'agĩt yta sondagan ma yta'agĩt
Pitana, Tang'ỹ kinda oky pymbyrat yjtaka'agĩt
Keerep taso kikyri iki naakat yjtat

A reunião entre os Joari e os Karitiana A história que segue, contada por Barabadá, trata de um evento crucial para os Karitiana, que ele vivenciou quando era jovem: a reunião de dois grupos locais, que até então eram autônomos: os Joari (ou Capivari), grupo de Barabadá, e os Karitiana, grupo de Moraes Karitiana. Moraes tinha se casado com sete mulheres para assegurar a continuidade de seu grupo e os Joari tinham apenas uma mulher naquele momento. A reunião dessas pessoas na atual aldeia central da Área Indígena Karitiana e a realização de casamentos entre elas foi fundamental para que se revertesse o forte declínio populacional vivenciado por ambos os grupos, que poderia resultar em sua extinção.

Esse encontro, porém, não se deu da noite para o dia. Pessoas dos dois grupos se encontravam com desconfiança. Aos poucos, membros de grupos diferentes passaram a realizar juntos, em meio a muita conversa, as tarefas cotidianas, como caçar e comer. Depois de um longo processo, todos se reconhecem como tendo um ancestral comum — são todos nascidos da mesma parte do cabelo de Byjyty (pertencentes à mesma etnia), descendentes de Botyj̃, o criador da humanidade — e acabam por compartilhar a carne de uma mesma anta, morta pelo narrador. Os dois segmentos começam a se casar entre eles e, quando morre Moraes Karitiana, passam a morar em uma mesma aldeia, dando início ao grupo indígena Karitiana tal como se configura nos dias de hoje.[1]

1. A narrativa foi contada por Barabadá em sua casa, sua esposa Augusta e seu filho Valdomiro, gravado por Luciana Storto, que a transcreveu e traduziu com a ajuda de Valdomiro Karitiana e Nelson Karitiana. Para esta publicação, o material foi editado por Luciana Storto e Ivan Rocha.

Não havia mais homens

Quando minha mãe morreu, eu fui andar sozinho
Eu fui andar lá
Depois eu voltei de novo aqui
Eu fiquei aqui por um tempo

Depois eu fui de novo lá na aldeia
Então eu vi o acampamento dos homens
Onde dormiram, onde fizeram fogo
Eu vi o local da fogueira deles de perto
O acampamento abandonado deles
Tinha gente aqui, né?, pensei *Tinha gente*[1] *aqui?*

Meu finado pai secava taquara
Então eles chegaram ali
Dormiram aqui?, eu disse
Então meu finado pai e os outros chegaram
Chegaram
De quem é este acampamento? Este acampamento é do inimigo?[2]
Aqui tinha gente, meu finado pai falou
Vamos ver o lugar onde o inimigo dormiu, eu disse
Vamos lá

O caminho tinha acabado
Não tinha picada [aberta na mata]
Então nós retornamos

1. Pessoas da mesma etnia. Os Karitiana e Joari pertenciam a um mesmo grupo étnico que havia se separado.
2. Inimigo nesta passagem é entendido como não indígena, ou não Karitiana.

Então eu fui pelo caminho, eu continuei sozinho
Fui, então chegou meu finado pai atrás de mim
Vamos ver, você não vai sozinho. Você não deve continuar
sozinho, meu finado pai falou

Eu fui
Andamos, andamos, andamos, chegamos
Então eu fiquei pensando, com saudade de quando eu estava
na beira do rio
Eu não vou cruzar o rio por aqui, eu falei para mim mesmo
Então eu vi a outra margem
Cruzei pela água

Eu olhei, eu continuei de novo, nós continuamos, chegamos na
aldeia
Havia pegadas de homens
Homens estiveram aqui!, disse meu finado pai
Então fomos por ali
Eu fui na frente
Andamos, andamos, andamos, chegamos na casa do inimigo
Quando chegamos na casa deles, o galo cantou
Aqui tem gente!

Andamos, andamos, andamos, chegamos
Nós ficamos em pé perto deles
Meu finado pai ficou com medo
É o inimigo, disse meu finado pai

Nós voltamos e fomos de novo
Então, dizem que os homens chegaram de novo
Homens muito valentes
Ah, vamos matar os inimigos!
Vamos ver! Assim será
Já que você é valente, você vai entrar

Estávamos doentes, com a doença do branco[3]
Então nós não entramos
Eles vieram atrás de nós

Então, quando eles vieram, apareceram outros homens
Eles esperavam caça no pé de tucumã[4]
Enquanto eles esperavam no pé de tucumã,
Foram buscar o finado pai de Eremby Byyt[5]
Eu matei mutum, ele disse
Então, eu vim, eu disse Eu fui
Eu vou esperar no local onde o mutum come, amigo
Ah, disse meu finado pai

Eu fui, andei, andei, andei, sentei
Diz que eles imitavam o barulho do nambu
Hong, ele fez. *Hong, aqui tem alguém*, disse o homem
Hong, hong, hong, fizeram
Dizem que chegaram na tocaia
Olha aqui, olha aqui, aqui tem alguém, disseram
Você matou cotia, amigo?,[6] ele falou. *Amigo?* (silêncio)
Amigo? Aqui tem alguém, porque tem um buraco na tocaia
Dizem que falou assim o finado pai de Eremby Byyt (Augusta)
Olhou, abriu, fez assim por cima da tocaia
Olhou, viu a arma dele com um desenho em vermelho e branco
Ele ficou com medo

Olhou, andou, andou, parou
É você, amigo?, falou para o amigo dele. *É você, amigo?*, chegou
Aqui tem. Vai lá com ele
Dizem que falou assim o finado pai de Eremby Byyt

3. A expressão *doença do branco* pode se referir a diferentes doenças levadas paras as aldeias por agentes públicos, missionários, garimpeiros e madeireiros, por exemplo, malária, sarampo, gripe, tuberculose etc.
4. *Astrocaryum aculeatum.*
5. O finado pai de Augusta, esposa do narrador Barabadá.
6. Amigo ou querido(a), com a função de um vocativo.

Dizem que foi lá com ele
Olhou, abriu
Olha aqui!
Ah! Você me deu medo, amigo!
Sai, amigo, disse ele
Você não vai me matar né, amigo?, disse o amigo dele
Não vou matar não, amigo. Sou gente (da mesma etnia que você), amigo
Você me deu medo, amigo. Você me causou muito medo. Quando você me estranhou, eu fiquei assim
Eu não estranho você não. Vem para cá
Você não vai me matar não, amigo?
Vou nada! Vou nada! Vem para cá

Diz que ele saiu
Andou, andou, saiu
É ele mesmo, disse o homem *Você está sozinho?*
Estou com companhia. Meu amigo está longe, ele disse
Diz que ele ficou em pé e quase caiu o adorno do pênis dele
O adorno do seu pênis está caindo, meu amigo, diz que falou o sobrinho dele
Não cai, não, amigo. Não vai cair não, amigo! Quando você me estranhou, eu fiquei assim, amigo
Ah, não vai ser fácil, meu amigo
Você me deu medo, amigo
Qual é o seu nome?
Esse é meu nome, disse ele
Este é o nome do meu tio, dizem que falou o finado pai dela.[7] *Eu não sabia que você era meu tio*

E o seu amigo?
Está lá
Não temos mais mulher. Só há uma mulher[8]

7. O narrador se refere aqui à sua esposa, Augusta Karitiana.
8. Na aldeia do grupo Joari/ Capivari.

Vamos lá, vamos tomar chicha e comer carne na casa dele
Tem carne na mão dele
Tem homem caçador aqui
Quem matou macaco-aranha?
Aquele que matou disse para mim
Ah, vamos ver a caça
Fomos indo em zigue-zague, zigue-zague, zigue-zague, chegamos
Enquanto eu comecei a fazer um jirau
Ah, vamos, meu tio. Vamos tomar chicha, meu tio

Fomos, andamos, andamos, chegamos
Eu estava lá
Ah, nós chegamos, disseram os homens. *Ah, nós chegamos.*
Seguindo o seu cheiro, nós chegamos aqui
Ah, vocês são como nós também
Nós somos vocês. Nós fomos feitos da mesma parte do cabelo do Byjyty[9]
Deita aqui, deita aqui comigo
Deitaram, deitaram comigo
Ah, eu falei para ele, *Cadê a sua família?*
Eu não tenho família. Meu pai foi lá para o Igarapé Preto, disse meu irmão sobre meu finado pai

Conversei, conversei, falei
O meu finado pai veio para cá
Andaram, andaram, chegaram.
Devagar os homens vieram, falou meu finado pai
Chegaram? Quem? É o Taaty?
Não é não, é o pai dele
Está bem, e foram
Sim, o amigo dele disse, entrou
Você está aqui, meu irmão?, ele disse

9. Byjyty é o neto do demiurgo Botyj̃. De mechas de seu cabelo, foram criados os seres humanos de todas as etnias indígenas.

Estou aqui, meu irmão. Você está deitado?
Estou aqui, meu irmão, disse meu finado pai
Eu estou atrás de você. Você ficou com medo de mim, meu irmão?
Ah, eu sei, meu irmão, eu sei mesmo, meu irmão
Eu sei, meu irmão, só que eu não sabia. Pensei que você fosse branco
Não sou branco não, meu irmão. Sou eu!
Eu sei que você é gente, por isso vim me juntar a você
Está bem! Os homens começaram a ficar juntos, ficar juntos, [e então] foram embora.

Meu finado pai levou o finado pai de Nyorem.[10]
Onde é o rio Bisỹ Herednemo, meu avô?
É para cá, falou meu finado pai, e foi
Foi o finado meu irmão, e ficou com medo do finado pai da Augusta, que foi atrás dele
Saíram, foram embora, e um da família dele também foi com ele
Depois, ele disse para o nosso pessoal: *Onde está o lugar dos macacos- aranha?*
Vou caçar, ele disse
Vamos caçar, disse o finado pai do Epitácio. O Pereira era pequeno.
Então foram. Eu fiquei sozinho

Você sabe onde os macacos-aranha ficam, meu tio?, falou o finado pai do Antônio Paulo
Lá, onde fica o meu caminho de caça, tem macaco-aranha
Vou lá
Vamos lá, meu tio
Então correu até não dar mais para alcançar, dizem que não dava; ele fugiu
Andou, andou, andou
Eu fiquei com eles, sozinho, então comemos batata, comida
Ah, ele foi falando, *você sabe onde está a caça, meu cunhado?*

10. O narrador se refere ao pai da Lourdes Karitiana (Nyorem).

Eu vi mesmo, sobrinho. No lago aqui perto tem muito macaco-aranha
Vamos ver lá
Então vamos, eu disse
Nós não caçamos, não, nós ficamos sentados, conversando

Fomos, andamos, continuamos, andamos, andamos
Aqui tem mutum, olhamos, chegamos no lago, não tinha mutum
Tinha macaco-aranha, *poo, poo*, faziam os macacos-aranha
Aqui tem, vamos matar este macaco-aranha
Eu vou matá-lo, ele disse
Mata!
Eu não estava agachado, eu estava em pé
Foram, atiraram lá longe no macaco-aranha e no quati, atiramos cinco vezes
Nós nos reunimos e andamos

Eu só matei bicho ruim! Eu pensei que era mucura[11]
Em qual você atirou?, eu disse
Eu só matei bicho ruim. Eu não atirei em bicho bom não
O que foi que você matou? O quê? Irara[12] *?*
Não é irara não, é quati[13]
Por que você não traz?, eu disse
Você come quati?
Eu como quati, eu disse
Está bem, eu também como
Pega, eu disse
Então foi deixar a espingarda dele de novo

Andaram, andaram, pegaram
Trouxeram de novo, andaram, reuniram-se aqui

11. Mucura é de uso regional. O animal é conhecido em outras regiões do Brasil como gambá. Nome científico: *Didelphis virginiana.*
12. Nome científico: *Eira barbara.*
13. Nome científico: *Nasua nasua.*

Nós nos sentamos em cima do tronco, então não andamos
mais, só ficamos falando
Nós nos sentamos.
Já pegamos caça, e agora vamos esperar os homens aqui
Eles vêm vindo lá. Nós íamos deixá-los
Contou, contou o que deram para ele, como viviam naquele
tempo
Contou como pegou a mulher do outro, contou o que deram
para ele, falou, falou
Falaram, falaram, terminou, falaram, falaram, terminou
Falaram, falaram da mulher namoradeira, acabou

Chegou o irmão mais novo dele
Vocês estão chegando?
Chegaram os amigos dele
E meu tio?
Meu tio não está aqui não, ele já foi, não dá mais para
alcançá-lo, tio. Eu acho que ele foi em direção ao Igarapé Preto
Para você ele não foi lá não, meu sobrinho?
Não, nós estávamos juntos
Vamos, que está escurecendo
Então foram embora, foram

Andaram, andaram, andaram.
Mais para lá tem mutum, eu disse
Andamos, andamos, andamos mais um pouquinho, o mutum
voou
Pĩjbok bok xak, e atiramos no mutum
Então o amigo dele atirou e eu fiquei pensando
Não se pode matar caça do outro
Atiraram, atiraram, aquele que o matou se alegrou, o amigo dele
Eu o matei, meu amigo, ele disse fingindo
Vá pegá-lo, meu amigo, ele disse
Eu fiquei pensando que aquele que estava comigo não o matou
Aquele que estava comigo matou só quati

Estava um cheiro ruim,[14] não dava para lavar, não dava para
comer
Mutum, macaco, quati, macaco-aranha, nambu azul, todos os
homens foram até a caça, acabou
Só eu mesmo fiquei por aqui, os homens foram lá
Então os homens foram

Nós fomos, fomos
Leva a gente lá, meu primo, eles disseram
Leve-me, meu irmão, disse o finado pai desta (Augusta). *Vamos,
meu cunhado*, ele disse para mim
Eu vou ficar aqui, eu disse, quando ele falou assim para mim
Ah, eu vou
Ah, então vai, eu disse

Depois de cinco dias, vieram de novo para cá
Aquele que o inimigo matou estava doente
Minha família estava doente
Quando o filho sarou, o pai dele estava lá, à espera do filho
Dormimos cinco dias, então voltamos para cá
Então ele voltou para onde eu estava, apesar de eu não
acreditar que ele fosse voltar

No caminho, eu o encontrei
Encontrei-o na lagoa, o Jere'op Ambyjywyp
No caminho ele ficou doente
Eu tinha mandado o outro encontrá-lo
Chegaram de novo
Depois me levaram sozinho
Como este daqui
Eu fiquei realmente sozinho
Lá na casa dele
Eu fui de novo sozinho, assim

14. Referências a quatis que é uma das caças com cheiro forte, na região amazônica esse cheiro ruim é também conhecido como pitiú.

Eu não tinha nada
Do meu grupo só tinha eu

Andou, andou, andou. Disse o meu finado pai:
Não mexe com o pessoal, não mexe com as crianças, disse meu
finado pai
Depois, vocês vão sair, disse o meu finado pai
Muitas mulheres, muitas crianças, havia lá
Já que ele falou comigo, *eu estou indo lá*, eu disse
Vamos. Se você não me convidasse, eu não iria

Andamos, andamos, continuamos só com ele
Eu vou levar seu filho — mas se ele não tivesse falado com o
meu finado pai, eu não iria — *vou levar o seu filho, meu irmão*
Como ele me falou, eu fui

Andamos, andamos, continuamos
Andamos, andamos, chegamos
Eu entrei sozinho
Cheguei!
Vem, disseram os homens
Enquanto nós estávamos rindo, as mulheres disseram: *O
macaco-aranha gritou*
*O macaco-aranha gritou, vão caçar! Mata macaco-aranha para
nós!*
Ah! Dizem que o macaco-aranha gritou, nós dissemos. *Vamos
atirar!*.
Fomos caçar.
Então fomos.
Aqui está a munição do seu tio, eu disse
Pegaram umas cinco
Eu peguei e fui embora

Fomos, fomos, fomos
A anta vai ser minha. A anta vai ser minha, você vai ver

Nós vamos matar anta!
Vamos! Vamos matar antas, meu cunhado
Assim disse o finado pai de Eremby Byyt
Fomos, andamos, andamos, ouvimos o barulho do
macaco-aranha e do macaco-prego
Aqui tem caça!. Os macacos gritaram, ele correu na direção
deles
Ele correu, parou. Ele atirou, acertou um

Então chegou o gavião *pãram*[15]
Gritou, passou por cima do amigo dele, gritou, gritou
Chegou de novo outro gavião logo atrás desse
Gritou, gritou e a anta respondeu
Rinh disse a anta
Rinh, enquanto ele estava lá
Ah, a anta! Eu vou matar esta anta!
Eu não vou gritar não
Eu corri
Corri, andei, andei, andei
Quando eu estava em pé, falaram:
Onde está, meu cunhado?
Onde está, meu cunhado?Aqui tem anta, eu disse
Vamos matá-la
Vamos, sim!

Andamos, andamos, olhamos, olhamos cuidadosamente. Havia
vários jacamins
Os jacamins estavam parados e fazendo muito barulho
Parece que aqui tem jacamins.
Cercaram ao redor deles, mas os jacamins não voaram
Andamos, andamos, andamos chegamos
Dando a volta na subida do tronco caído
Andei, andei, dei a volta por cima deles

15. Espécie de gavião que sinaliza a presença de anta naquela localidade, nomeado *gavião da anta*.

Eu olhei para cá, por cima do tronco
Elas estavam lá
Eu olhei e as vi imediatamente
Abaixei os olhos e logo a vi, embaixo
Olha aqui
Mirei a arma na direção da anta
Quem vai começar a atirar?
Eu vou atirar primeiro, eu falei
Se você não atirar, eu vou atirar, meu cunhado, ele disse
Ah, ele disse quando apertei o gatilho
Eu atirei, ele também, várias vezes
Matamos a anta!
Vamos! Aqui também tem caça
Vamos, meu cunhado, eu disse

Andamos, andamos, chegamos no caminho
No que você atirou?, disseram suas mulheres
Nós não matamos, minha tia, eu disse
Nós colocamos os macacos-aranha para correr
Acabou minha munição
Eu estou envergonhado de não ter conseguido, eu disse
Ah! Como você atirou, meu sobrinho, para onde?, ela disse
Não matou mesmo?, disse de novo para o marido dela
Nós matamos apenas tamanduá magro. Nós matamos

Ah, eu não pensei que as mulheres estivessem assim tão
agitadas
Ah! Vocês mataram anta, não mataram? Vocês mataram anta
para vocês?
Matamos mesmo, minha avó
Tudo bem. Foi anta que vocês mataram.
Meu pai foi atrás do irmão dele
O meu irmão estava lá, endireitando uma peça de madeira.
Chame-o!. Foi lá com ele. Foi
Andou, chegou. *Os homens mataram a anta*, ele disse

Ah! Mataram anta! Vamos! Vamos cortar a anta, ele disse
Foram
Eu cheguei, você matou a anta
Eu matei mesmo
Lá só tinha anta magra
Para mim não é ruim
A anta está magra, mas está boa, ele disse

Então eles vieram
Fomos, então foram todos, as mulheres limparam a casa
As mocinhas e as crianças também foram
Olha aqui, olha, nós dissemos!
Ah! Vocês mataram a anta boa, disseram os homens para nós
Ele a cortou, viu a gordura branca
Não há carne na nuca, mas há muita gordura. Só sai gordura
Ele a repartiu, repartiu, e então acabou
Nós fomos embora e alcançamos o caminho
Nós assamos a anta, assamos, assamos, assamos, terminou
Os homens ficaram todos loucos
Os homens cantavam e enlouqueciam por causa da gordura da minha anta
Eu não participei, porque eu sou dono da anta

Dois dias se passaram
Daqui a três dias eu vou embora, eu disse
Vai lá, você vai sozinho?
Vá, você vai sozinho
Eu vou sozinho
Vai atrás dele, vai, falaram para o finado pai do Sebastião
Vai atrás dele, falaram para o finado pai do Epitácio quando o Pereira era pequeno
Nós viemos em três Voltamos, chegamos na aldeia

Voltamos, eles tinham matado queixadas
Atiraram, flecharam, atiraram quando nós estávamos vindo para cá

Andamos, andamos, chegamos, deixamos a caça no chão
Cheguei, meu pai. Eu estou com a anta, que está muito gorda.
Eu matei esta anta, meu pai
É a parte de trás dela?
Não é a parte de trás não, é que a costela da anta é gorda. Está gorda
O meu finado pai pensou: *Será que ele vai me dar a parte do umbigo?*
Nós chegamos
Os homens foram embora

Assim nós aparecemos
Quando estávamos prestes a sair, eles chegaram de novo sozinhos
No local onde nos pegaram, os homens se reuniram
Depois que eles foram, outros chegaram também
Os velhos ficaram lá mesmo
Um homem chegou e o outro presenteou a filha para ele
O meu finado pai pedia uma mulher
Consegue uma para mim também, meu irmão disse
Assim é que foi
Nós fomos de novo
Chegamos de novo aqui
Então nós ficamos aqui com eles
Nós ficamos e não voltamos para lá
Acabou aqui mesmo

Nós viemos para cá, a outra parte voltou, mas não para lá
Não havia mais gente aqui, ficamos lá com eles
O finado pai desta aqui ficou lá
O meu finado pai ficou aqui sozinho
Pojepap ficou aqui sozinho
Nós todos ficamos lá
Nós ficamos sozinhos por muito tempo
Ficamos por muito tempo

Então ele[16] morreu, a doença do branco o matou
Então meu finado pai se juntou
Quando o Moraes morreu, nós ficamos juntos
Nunca mais nos separamos
Assim nós ficamos, assim
Não havia mais homens quando ele morreu
Os homens ficaram com o meu pai
O meu finado pai trouxe todos para cá
Então o meu pai morreu aqui
Então eles não foram mais na aldeia deles
Aqui meu finado pai morreu
Assim o pessoal ficou junto
Não há mais o que contar, esse é o final

16. Moraes.

Imbodn oko taso

Ytakatat andyk ta'ãt yn, yti pop tykiri, ymyrỹta
Ytakatat andyk ta'ãt yn hoop
Ambyyk ytaotyt oko ta'ãt yn hak
Ytaakat hak, ytaakat hak

Ambyyk ytakatat okot hoop, aldeiasogng
Ambyyk ytaso'oot taso katapaty
Katapaty, iiso bity
Iiso bity ho horot
Katapa hyk *Yjxa iaka minãt haka? Yjxamon haka?*

Nakampok ta'ãt ot'ep ymbykiit
Ambyyk, naymbykyj ta'ãt a
Katapo j̃a?, ytaka'a ta'ãt yn
Ambyyk, naymbykyj ta'ãt ymbykiit
Ymbykyj̃
Morã katapamon j̃a? Opoko katap nakãjan?
Yjxa naka'agit hak, naka'at ta'ãt ymbykiit
Yjso'oot hoop, ytaka'at ta'ãt yta, *opoko katapaty*
Yjso'oot hoop

Nakamboop pa
Imbodnı pa
Ambyyk, ytaotyt okot ta'ãt yta
Ambyyk, ytakatat pap, ytakatat okot yn ymyrỹta tyym
Koj, nayryt yandikit ymbykiit
Yjso'oot amyrỹ orotaty. Amyrỹ araka oko, iri'aj ymbykiit

Ytakatat ta'ãt yn

Terek terek terek, otam
Ambyyk ytakoro’op pasap ta’ãt yn, ese pityp yta’agngj̃i’oot
Yn ipypĩ yn ese haka, ytaka’at ta’ãt yn
Ytaso’oot ta’ãt yn idep otaty yn
Jyjy kip esety

Ytaso’oot ta’ãt, ytakatat oko ta’ãt, ytakahot okot ta’ãt, otam
Popat
O’anat nakakit ta’ãt taso
Taso naakat ma, naka’at ta’ãt ymbykiit
Ytakahot ta’ãt atyym yta
Yno yrypat iakat
Terek terek terek otam, iri’aj iambisogng
Taambisogng toroko’o, iri’aj opok ako ma
I’agngij̃a!

Terek terek terek otam
Jygng jyk yta ipityp
Nakapi ta’an ymbykiit
Opok naakat, naka’at ta’ãt ymbykiit

Yjotyyt yjhot oko yjxa, hot okodn
Ambyyk, naymbykyj oko saryt taso
Taso kywyti kywyti
Ãh, ipopit naakaj opok!
Yjso’oot y’i! Kahyt iasogng
Akywyti hap, aramemy
Otit nakaki ta’ãt opok otity
Atykiri ytaamej̃kit ta’ãt yta
Ytaandikit naymbykyj i

Atykiit naymbykyj ta’ãt, nakaheren ta’ãt i, taso
Okõrã paraki itikydnan
Okõrãpip i’adj̃i’oot
Naapit ta’ãt Eremby Byyt bykiit

Yn napopit bisỹ, para'i
Ambyyk, ytayryt ta'ãt, ypara'i
Ytakatat ta'ãt
Ytari ỹryn yn ikydna andyki ỹryn bisỹ pyt'yypa
Ãh, iri'aj ymbykiit

Ytakatat yn sik sik sik, dok
Napyrombop tyj̃a saryt i
Hong, naka'at saryt i. *Hong, j̃a i'adñj̃i*, naakat saryt taso
Hong, hong, hong,
Otam, naka'adn saryt ambip
Koroj̃a 'a, koroj̃a 'a, i'adñj̃i j̃a, naka'at saryt
An ioky myndo, õẽ?, naka'at saryt. *Õẽ? Õẽ, hakatyym naka'adj̃i naono horo 'a*
Naka'a saryt Eremby Byyt bykiit
Sosyp ba, naka'at saryt i ohỹrym i
Poogn, som sõwõrã pitat impan
Nakampi i

Sosyp, iri'aj, tek tek, jyk
A'adj̃a, õẽ?, iri'aj taotaty. *A'adj̃a, õẽ*, otam
Hak naakat, aso'oora ikyn
Naka'at saryt j̃a bykiitity
Nakatat saryry i kyn
Sosyp, ba
Koroj̃a 'a!
Ãh, an ympi, õẽ"
Amboryra, õẽ
An yoky kymini, õẽ?
Yn aokyj, õẽ, yn aoky padni, õẽ, yjxa naakat yn, õẽ
An ympi tykii, õẽ, ampi pitaty. Ynty asotidn tykiri amyrỹ'i, õẽ
Ysotidna yno, amboryra kagngoop
An yokyj kymini, õẽ
Aoky padna! Aoky padna! Aheredna myn'i

Namboryt saryt i

Tek, tek, atop
Hok ipita, naka'at saryt taso *Amyrỹtat a'a tyka hỹ?*
Akot, hoop naakat yota, naka'a saryt i
Jyk, naka'otowak saryt iohen
Aohen i'ot tykat, õẽ a'a naka'a saryt isaka'et
I'oto padna, õẽ, i'oto padna myn'i, õẽ. Anty asotidn tykiri amyrỹ'i, õẽ
Ãh, mo'i sombawaki õẽ iri'aj saryt iota
Ajxa ympi myn'i, õẽ
Morãmon y'i asat?
A naka horo ysat, naka'a saryt i
A ysyp'et, naka'a saryt j̃a bykiit. *Ysyp'et naaka my'anan an*

Aota he?
Hori yota
Imbodna j̃onso, myhin naka'a tykat j̃onso
Aa yjso'oot, yjse'y ikytopoty, yjpyt'y him ty
Him naka'a tykat ipyp
Taso pykop naaka horo haka
Morã ioky 'õromo?
A naoky horo ytaam'a saryt yn
Ah, yjso'oot himty
Jyryj jyryj jyryj otam
kinda pe'ep yn nam'a tyki'oot
Ãh yjso'oot, yjso'oot ysyp'et, yjse'y kytopoty

Kahot terek terek otam
Ytaka'a j̃a yn
Ah, ytaymbykyj yta, naka'at taso. *Ah, ytaymbykyj yta, ãjing tyym yta'agngĩ yta*
Ah, yjxa nakam'an ajxat
Yjxa ytat, yjxaa, Byyjyty 'osop aky ytat
Ambo kangoop, naambot ta'ãt ypyp
Marang marang ypyp
Ãh, ytakahadn ta'an ityyta. *Ta'i apyeso?*

Imbodna ypyeso, hoop semsogng itato y'ito, iam'a ta'aj̃ ymbykiit

Hadn hadn, ytaka'at ta'ãt yn
Otam kayt ta'ãt ymbykiit kangoori
Tek tek otam
mynda taso iymbykyj, naka'a ta'ãt ymbykiit
Iymbykỹj̃? Morãmon hỹ? Taatymon hỹ?
Aka padni, i 'it naakat
Ojo'a, nakahot ta'ãt
Hyng, iota, tõroj̃ tõroj̃
A'a tyka ykeet hỹ?, para'a ti'ĩ i
Y'a tyki, yhaj, ambo ano, yhaj?
Y'a tyki yno, ykeet, naka'a ta'ãt ymbykiit
Y'a tyka'oomi yno aandikitat. Ynty anapi horo ykeet?
Ãh ysoyng horo yhaj, ysoyng horo ykeet para'a ti'ĩ i
Ysoyng horo ykeet, ytasoyng pita ykeet, opok akat ytakakãran an
Opok aka, yhaj, yn naakat yhaj!
Yn naakat isondyp ajxat, yn naakat iherednan
Ojo'a! Nakaredn'oot taso, here here naka'at taso, nakahot taso

Ybykiit natooto'oot Nyorem bykiit.
Tihoori i Bisỹ Herednemo, yowoj hỹ?, naka'a ta'ãt
Hot taakat para'a ti'ĩ ybykiit, nakatat i, nakatata'ot ta'ãt i
Koj, ipi ta'aman, ytaoty, Antônio Paulo bykiit, nakahot
Eremby Byyt bykiit
Atop, koj atytap tyym taso myhin tyym, ipyeso tyymo
Ambyyk, *imbodna midni 'õrom herednipa?*, nam 'a ta'ãt yjiriso
Ypõrĩ yry yno, naka'a ta'ãt a
Yjpon ry'i, naka'a tã'ãt Kybygngã bykiit. Pereira sino.
Koj koj pi'ina tat yta yno, yn myry'ino ymyrytat

Aso'ooto mini an 'õrom herednipaty, ysyp'et?, nam'a ta'ãt
Antônio Paulo bykiit
Hoop nakakit 'õrom yponpap
Yso'oori yry yno'akyn

Yjso'oory'i ysyp'et
Andikitat itat tim'an, ipykydn tin'an, i'a heredn nodoto padnoko saryty padni'a; pyfogidn a
Ho ho ho ho ho tim'at
Napi'idn yn myrỹ'ino kat itytat tyym, takasyp andyk yta pyt'y pyt'y pyt'y, yta ohyty, ti'yty
Hỹ hadn'a tyso tyyn i, *aso'ooto mini an him hereni paty bosy?*
Ypyso'ootyn soro'a ysyp'et, ejo pip hak naka'agngit 'õrom hak bypiit
Yjso'oot yjxa ari
Yjso'oot y'i, ypara'a ti'ĩ yn
Yta napon pon pibmki ta'ãt padni, ytambikira ytakasyp ytahadna pip

Koj koj, terek terek ytaka'a andyk, terek terek terek,
hak naka'agngi bisỹ, sypo hirã otam ejosok boop bisỹ
Nakaki ta'ãt 'õrom, *poo poo*, para'a ti'ĩ 'õrom
Mã'ah, mã 'õrom a, yjxa ioky
Yn iokyko, para 'a ti'ĩ
Ioky!
Yokysera ti'ĩ yn jyk ytaka 'a ta'ãt yn
Ho ho ho mõja napynpon'a tyka tyn 'õromo, irisa peng peng peng peng peng yjpyt
Nakaheredn tek tek tek

Kinda sara pita myrymon yntipopiit
Dokon ãkãran ytakakãran ta'ãt yn
Morã kyyn apon pona' y i?
Kinda sara pita myrymon yntipopiit. Kinda hãrãj kyyn pon pon yaka ynta
Morãmon y'i an tioky tyka? Morãmon? Ombaky eemo mon?
Ombaky eem aka, irisa nakat
Morãsogng an i taherednaki y i, ytaka 'a ta'ãt yn
An i'y irisa?
Yn naka'yt irisa yn, ytaka'a ta'ãt yn

Ojo'a, yn naka 'yt yn tyym
Ipii, ypara'a ti'ĩ yn
Nakatat oko ta'ãt pak tam panty

Ho ho ho ho jydn
Natambykyj oko ta'ãt, syyk here, mã'a
Dok dok 'ep okyp yta'a tykiri, ytangat oko, ytakasyp hadna
myrỹ'in
Dok dok
Yjhodn yjxa, yjxa ikydna taso haka
Pyryryt tysypyn i a, iaopyj tyka
Hadn hadn ta'a hitit, hadn hadn keerep takity, hadn hadn
tairiso ta'an tisoojototy
Hadn hadn ta'a hitity, hadn hadn
Hadn hadn tõ, hadn hadn tõ
J̃onso pymãra katy, hadn hadn hadn boop

Nayryt ta'an ikeet, yrydn
Ajymbykyj tyso?
ỹryn iota
Yjsyp'eto he?
Ibodna yjsyp'eto, pyrytatyn yjsyp'et, iaheren nodorak yjsyp'eto,
j̃oj̃ biit omirim nakapykyn ynty
Ãh, iamini y'it ongoot anty?
I'a padni. Akot ytaka'agngĩt, ytaamyni yta
Yjhot, tamooj igo
Atykiri imbodn oko padni, nakahot

Terek terek terek terek
Onym naka'a tykat bisỹ, ytaka'a ta'ãt yn
Terek terek terek 'it, nakatam ta'ãt bisỹ
Pij̃ bok bok xak bisỹ napynpon ta'ãt
Nakapon ta'an iota, ytakoro'op oky ta'ãt yn
iaj̃oni taota hot aoky, ytakoro'op oky ta'ãt yn
Pyng pygng naosedna'oom ioky tykiiri, iota

Yn ioky ỹryn yota, naka'a'oom
Iora pita yota, naka'a ta'ãt i
Ytyyt iaka iokyki tykiri ypakoro'op oky ti'ĩ yn
Irisa myrỹ'in atapopiit ytyyt i'atyka, yjpyt
Hydnyn j̃ingã nam, pitat boop, amhoron byyky paap, a'y
byyky paap
Bisỹ, pikomo, irisa, 'oromo, pom'eem, taso'oot nakayyt him,
boop
Yn myrỹ'in nakat ijygngan hakat, taso nakat ihot 'oop
Nakahot ta'ãt taso

Ytakahori yta, yjhot
Ytamhora ykeet, naka'a ta'an i
Ymtara, yhaj, naka'a ta'ãt j̃a bykiit. Yjso'oot bosy", ytam'a ta'ãt
yn
Hak ytaaka 'iri yn, ytaka'a ta'ãt yn kahyt i'a tykiri
Ãh, ytakatari yno
Ãh, a'a y'i, a'a'ooma y'i, ypara'a tyj̃i yn

Cinco taakat naymbykyj oko ta'ãt kangoop
Pyrakinda otidna andyk ta'ãt opok tioky
Pyrakinda otidna andyk ta'ãt yjiriso
Ta'it oyty'oot nakasyp andyk hooop i, ymbykiit
Cinco nakakat, ambyyk naotyt okot kangoop
Ambyyk naotyt okot ykymbawak 'yt

Pap, ynaatĩ ta'ãt
Jere'op ambyjywyp okyp yn naatĩ ta'ãt
Pap, takinda otidn iatĩ
Ypyry'a ti'ĩ yn ity
Naymbykyj oko ta'ãt
Ambyyk ytaatoot oko ta'ãt yn ymyrỹtat
J̃a horot tyym
Ymyrỹta pitat
Hoop taambip

Ytakatat okot yn ymyrỹtat ho horot
Imbodni kinda yhot
Sypom yaki yn

Tek tek tek nakahaadn ymbykiit
Apyso'ĩ airisosok apyso'ĩ õwãsok, naka'a ta'ãt ymbykiit
Ambyyk ajxa mombykyj, naka'at ta'ãt ymbykiit
J̃onso ako õwã ako nakakit atat
Ihadnasogng myrỹ'in *ytakatat tysyp*, ytaka'a ta'ãt yno
Yjso'oot yam'aakit yj̃yntaty

Terek terek terek, nakahot oko ta'ãt, ityyt myrỹ'in
Yn naatoori a'it, ymbykiitikyym iakiip yj̃yntata padni. Yn
naatoori a'it yhaj
Yam'asogng ytakatat ta'ãt

Terek terek terek ytakahot oko ta'ãt yta
Terek terek terek otam ytaka'a ta'ãt yta
Tong, ytaka'a ta'ãt yn ymyrỹtat
Yyryt ỹryn!
Ayryra!, naka'a ta'ãt taso
Andyj andyj andyj, ytagngĩ'oot, *'õrom ihook*, naka'a ta'ãt j̃onso
ytaty
'Õrom ihook, 'õrom ihook, ny, ajporã! Ioky 'õromo ytahot!
Hỹ 'õrom ihook saryt, ytapara'a ti'ĩ yta. *Yjpon!*
Ytakahot ta'ãt ytapon yta
Koj koj koj
Ma asyp'et bypan sypo, yparam'a tyj̃i yn
Jydn, yjpyt
Kej, ytakatat ta'ãt yn

Ho ho ho,
'Irip naakaj yjhot. 'Irip naakaj yjhot so'oori
Yjxa ioky 'iripo yjxa
By! Yjxa ioky 'irip bosy

Para'a ti'ĩ i Eremby Byyt bykiit
Nakahot ta'ãt terek terek terek poo poo naka'a ta'ãt 'õrom
pikom
Ma himo!. Poo poo nakapykyna'oom isambibm i
Te teet jyk pyng myhin

Atykiri nayryt ta'ãt pãram
Pãram pãram, kookodn, pãram, pãram, kookodn iota
Nayryt oko ta'ãt iota dikit
Pãram pãram i'a naakat 'irip tikyrot ta'ãt
Hĩj, i'i 'iripo
Hĩj, hoot iaka'oot
Ny, 'iripo, yn iokyj yryn 'iripo
Hyy hyy hyy yry'i yn
Ytakapykynan yn
Te teet ho ho ho
Yjygng tysypy'oot,
Tihori i bosy, naka'a ta'ãt
Tihoot i bosy? 'Iripo hywa, ypara'a ti'ĩ yn
Yjxa ioky!
Hot yjso'oot!

Terek terek terek sombaak sombaak nakaki ta'an syyj̃ ytaj̃on
Jyk jyk hiit hiit naka'a ta'ãt syyj̃
Hak naaka sõwom.
Amorã otyyt taso iomon, yta imtengĩ syyj̃
Terek terek terek otam
'Epe'ot soka pyhaap okyp, aokyp
Tagng tagng tagng yparatat yn 'ep okyp
Sombaakatat ypara'a ti'ĩ yn hoop iokybm kat
Kat isyp ta'am'an
Sombaakatat so'oot ojdn, naka'a ta'ãt it
Pikybm ojdn naka'a ta'ãt i engoopat
Koro hyp a'a
Irom ypara'a'oom ti'i yn ity

Morã iakaj ipon'oot?
Yn naakaj ipon'oot, ytaka'a ta'ãt yn
Aponki tykiiri ytakaporĩ yn bosy, ytaka'a ta'ãt yn ity
Hỹ? Ah!, Iam'a ti'ĩ ypymbagng tyso'oot
Kapon ta'an yn, peng peng i tyym peng yn tyym, peng, peng
peng pygng
'Irip yjxa tiokyt
Yjhot! Him tyym naaka horo hywa
Yj hot, yjhot bosy, ypaa'a ty'ĩ yn

Tek tek tek here
Morãkyn ajpon pona?, naka'at ta'ãt isoojsok
Yta ioky padna ysokiit, ypara'a ti'ĩ yn
Yta imtat yta 'õromo
Bypan sypoty ypymbyyko
Yombygymsogng y'a tykii padni yn, ytaka'a ta'ãt yn
Ah! Tikat apon pon aka, ysyp hỹ?, naka'a ta'ãt I
Iokyki pitat aj'a hỹ?, naka'a oko ta'ãt tamanty
Yta naoky'oom, ojopy 'ewet myrỹ'in yta naokyt

Ãh! Okybm tengan ikiity ytakakãran j̃onsoty
Ãh! 'Irip ajxa naokybm'an, ajxa ioky 'iripo hỹ ajx
Ytaoky pita, yowoj
Ojo'a. 'Irip naaka my'an ajxa tiokyt
Nakatat ta'an y'it tahajakyn
'Ep todna hãraj̃xapip, ysyp'eto hoori ony?
Iora!. Nakatat ta'ãt akyn, koj
Tek tek otam. *'Irip itiokyt taso*, para'a ti'ĩ
Ah! 'Irip iaokybm'an! Yjso'oot! Yjxa i'ĩrã!, naka'a ta'ãt
Nakahot, hoodn
Yrydn i, ajxa ioky 'iripo
Yn ioky ỹryn pita!
Hoori 'irip 'eweto
Ynty isara'iri 'iripo
Ta'ewet tykiri isara'iri 'iripo, para'a ti'ĩ i

Naymbykyj ta'an
Yjso'oot! Koj koj pybm kẽremtat ambiky pirip j̃onso
J̃onso 'in'in tyym, õwã õwã tyym
Hyp a'a, ytapara'a ti'ĩ yta
Ah! 'Irip hãraj̃ pita ajxa naoky hỹ?, naka'at ta'ãt taso ytaty
Kiip poogng, naka'a ta'ãt iorojaty
Imbodni ipisyp 'irip orojadna pita sopahiwasok. Taoroja myrỹ'in
nayryt
Pak pak sang korot, sang korot, pyygng
Yjhot, ytakahẽryn ta'an yta
Yta nakamkõrong ta'an 'iripo, yta nakamhibm ta'an 'iripo
imkõrong,
imkõrong, imkõrong, pyygng
Namorenga tygng ta'ãt taso
Hỹryj̃ hỹryj̃ hỹryj̃ tamoreng tyj̃i'oot taso, y'irip orojaty
Yn igyrot ti'ĩ yn iongydn ta

Teng para'i hot, teng para'i hot
Myj̃ym kat ytakatari yn, ytaka'a ta'ãt yn
Atara y'i, amyrỹta atari?
Aso'oora y'i, amyrỹta atari
Ymyrỹta ytakatari
Io'ibma a'a, param'a ti'ĩ Kỹõroj̃a bykiit
Io'ibma, param'a ti'ĩ kymbygngã ymbykiit, Pereira sin tyymo
Myj̃ym ytaymbykyj
Ytaymbyj ta'an, terek terek otam akan

Ytaymbykyj yta. Sojxaty itioky ta'an ihot
Peng pygng paj syk pygng naka'a sõwon ta'ãt. Kangoop
ytaymbykyj tyso'oot
Terek terek otam pak pygng ytaymbykyj yta
Yyryt ỹryn y'it. 'Irip orojadna pitat tyyt ytaka'a tykat. *Yhoto*
ka 'irip ytiokyt yn y'it
Ij̃indo aka'oomang

Ĩjindo aka’ooma padni, ’irip koronda inakymbi pisyp naakat.
Orojadnan naakat
Ipeet anapisokora yhoot?, para’a ti’ĩ ymbykiit
Yrydn, yta
Naaka hot okot ta’ãt taso

Kahyt ytakaheredn ta’ãt yta
Kahot okowak yta aakot, naymbykyj okot i tamyrỹtat
Ytapiip, iotyyt otyyt gadnoko taako tyj̃i’oot taso, otyyt otyyt
myrỹ’in nakakit
Ambyyk nakahot ta’an, ymbykyj̃ j̃a, j̃a tyymo iyryt yrydn
Ihyk hyk nakat ijygng jygngan hopap
Yydn napy’odn py’odn ta’itity taso
Ah napyromyj̃ tyj̃an ymbykiit
Ynty tyym ty apara’i, ykeet naka’a ta’ãt
Hỹ para’a ti’ĩ i, kahyt iam’ a tyka
Hot okot yta
Ymbykyj okotaj̃ kangoop
Atykiri yta jygng jygng hoopap ipityp
Jyk ytaymbykyj oko kangoop
Pyygng pitat naka’at hak

Pyygng pita yta’i yta haka, ap ytaki yta ari
Ytambodnoko hak yta, aari yta jygng jyk yta’ipityp
J̃a bykiiti tyyt, jygng jyk a
Ymbykiit naakat hak iakat tamyrỹtat
Hak iakat tamyrỹtat Pojepap
Yta naakat hot ikit ytapitik
Kı kı kı pitat

Atyka naka’y nakambop i, naokyt opok oti
Morãsong ytaako pitadn, ymbykiit
Moraes apoposogng ytaako pitadn
Yta naamyn oko ywym
Kahyt ytakaki akat kahyt

Imbodn oko taso tata'agngĩt bowy tykiri
Ymbykiitisok kahot aokot taso
Ymbykiit nataambykyj kangoop ipiiti
Morãsong nakambop ymbykiit hak j̃a pip
Morãsong kahot oko pawyyt taakan, taambip
Hak paramboop ihak j̃apip ymbykiit
Kahyt naako akat taso kahyt
Imbodnoko iakara naakat ny iondetep

COLEÇÃO «HEDRA EDIÇÕES»

1. *A metamorfose*, Kafka
2. *O príncipe*, Maquiavel
3. *Jazz rural*, Mário de Andrade
4. *O chamado de Cthulhu*, H. P. Lovecraft
5. *Ludwig Feuerbach e o fim da filosofia clássica alemã*, Friederich Engels
6. *Hino a Afrodite e outros poemas*, Safo de Lesbos
7. *Præterita*, John Ruskin
8. *Manifesto comunista*, Marx e Engels
9. *Rashômon e outros contos*, Akutagawa
10. *Memórias do subsolo*, Dostoiévski
11. *Teogonia*, Hesíodo
12. *Trabalhos e dias*, Hesíodo
13. *O contador de histórias e outros textos*, Walter Benjamin
14. *Diário parisiense e outros escritos*, Walter Benjamin
15. *Don Juan*, Molière
16. *Contos indianos*, Mallarmé
17. *Triunfos*, Petrarca
18. *O retrato de Dorian Gray*, Wilde
19. *A história trágica do Doutor Fausto*, Marlowe
20. *Os sofrimentos do jovem Werther*, Goethe
21. *Dos novos sistemas na arte*, Maliévitch
22. *Metamorfoses*, Ovídio
23. *Micromegas e outros contos*, Voltaire
24. *O sobrinho de Rameau*, Diderot
25. *Carta sobre a tolerância*, Locke
26. *Discursos ímpios*, Sade
27. *Dao De Jing*, Lao Zi
28. *O fim do ciúme e outros contos*, Proust
29. *Pequenos poemas em prosa*, Baudelaire
30. *Fé e saber*, Hegel
31. *Joana d'Arc*, Michelet
32. *Livro dos mandamentos: 248 preceitos positivos*, Maimônides
33. *Eu acuso!*, Zola | *O processo do capitão Dreyfus*, Rui Barbosa
34. *Apologia de Galileu*, Campanella
35. *Sobre verdade e mentira*, Nietzsche
36. *Poemas*, Byron
37. *Sonetos*, Shakespeare
38. *A vida é sonho*, Calderón
39. *Sagas*, Strindberg
40. *O mundo ou tratado da luz*, Descartes
41. *Fábula de Polifemo e Galateia e outros poemas*, Góngora
42. *A vênus das peles*, Sacher-Masoch
43. *Escritos sobre arte*, Baudelaire
44. *Cântico dos cânticos*, [Salomão]
45. *Americanismo e fordismo*, Gramsci
46. *Balada dos enforcados e outros poemas*, Villon
47. *Sátiras, fábulas, aforismos e profecias*, Da Vinci
48. *O cego e outros contos*, D.H. Lawrence
49. *Imitação de Cristo*, Tomás de Kempis
50. *O casamento do Céu e do Inferno*, Blake
51. *Flossie, a Vênus de quinze anos*, [Swinburne]
52. *Teleny, ou o reverso da medalha*, [Wilde et al.]
53. *A filosofia na era trágica dos gregos*, Nietzsche
54. *No coração das trevas*, Conrad

55. *Viagem sentimental*, Sterne
56. *Arcana Cœlestia* e *Apocalipsis revelata*, Swedenborg
57. *Saga dos Volsungos*, Anônimo do séc. XIII
58. *Um anarquista e outros contos*, Conrad
59. *A monadologia e outros textos*, Leibniz
60. *Cultura estética e liberdade*, Schiller
61. *Poesia basca: das origens à Guerra Civil*
62. *Poesia catalã: das origens à Guerra Civil*
63. *Poesia espanhola: das origens à Guerra Civil*
64. *Poesia galega: das origens à Guerra Civil*
65. *O pequeno Zacarias, chamado Cinábrio*, E.T.A. Hoffmann
66. *Um gato indiscreto e outros contos*, Saki
67. *Viagem em volta do meu quarto*, Xavier de Maistre
68. *Hawthorne e seus musgos*, Melville
69. *Ode ao Vento Oeste e outros poemas*, Shelley
70. *Feitiço de amor e outros contos*, Ludwig Tieck
71. *O corno de si próprio e outros contos*, Sade
72. *Investigação sobre o entendimento humano*, Hume
73. *Sobre os sonhos e outros diálogos*, Borges | Osvaldo Ferrari
74. *Sobre a filosofia e outros diálogos*, Borges | Osvaldo Ferrari
75. *Sobre a amizade e outros diálogos*, Borges | Osvaldo Ferrari
76. *A voz dos botequins e outros poemas*, Verlaine
77. *Gente de Hemsö*, Strindberg
78. *Senhorita Júlia e outras peças*, Strindberg
79. *Correspondência*, Goethe | Schiller
80. *Poemas da cabana montanhesa*, Saigyō
81. *Autobiografia de uma pulga*, [Stanislas de Rhodes]
82. *A volta do parafuso*, Henry James
83. *Ode sobre a melancolia e outros poemas*, Keats
84. *Carmilla — A vampira de Karnstein*, Sheridan Le Fanu
85. *Pensamento político de Maquiavel*, Fichte
86. *Inferno*, Strindberg
87. *Contos clássicos de vampiro*, Byron, Stoker e outros
88. *O primeiro Hamlet*, Shakespeare
89. *Noites egípcias e outros contos*, Púchkin
90. *Jerusalém*, Blake
91. *As bacantes*, Eurípides
92. *Emília Galotti*, Lessing
93. *Viagem aos Estados Unidos*, Tocqueville
94. *Émile e Sophie ou os solitários*, Rousseau
95. *A fábrica de robôs*, Karel Tchápek
96. *Sobre a filosofia e seu método — Parerga e paralipomena (v. II, t. I)*, Schopenhauer
97. *O novo Epicuro: as delícias do sexo*, Edward Sellon
98. *Sobre a liberdade*, Mill
99. *A velha Izerguil e outros contos*, Górki
100. *Pequeno-burgueses*, Górki
101. *Primeiro livro dos Amores*, Ovídio
102. *Educação e sociologia*, Durkheim
103. *A nostálgica e outros contos*, Papadiamántis
104. *Lisístrata*, Aristófanes
105. *A cruzada das crianças/ Vidas imaginárias*, Marcel Schwob
106. *O livro de Monelle*, Marcel Schwob
107. *A última folha e outros contos*, O. Henry
108. *Romanceiro cigano*, Lorca
109. *Sobre o riso e a loucura*, [Hipócrates]
110. *Ernestine ou o nascimento do amor*, Stendhal
111. *Odisseia*, Homero

112. *O estranho caso do Dr. Jekyll e Mr. Hyde*, Stevenson
113. *Sobre a ética — Parerga e paralipomena (v. II, t. II)*, Schopenhauer
114. *Contos de amor, de loucura e de morte*, Horacio Quiroga
115. *A arte da guerra*, Maquiavel
116. *Elogio da loucura*, Erasmo de Rotterdam
117. *Oliver Twist*, Charles Dickens
118. *O ladrão honesto e outros contos*, Dostoiévski
119. *Sobre a utilidade e a desvantagem da histório para a vida*, Nietzsche
120. *Édipo Rei*, Sófocles
121. *Fedro*, Platão
122. *A conjuração de Catilina*, Salústio
123. *Escritos sobre literatura*, Sigmund Freud
124. *O destino do erudito*, Fichte
125. *Diários de Adão e Eva*, Mark Twain
126. *Diário de um escritor (1873)*, Dostoiévski
127. *Perversão: a forma erótica do ódio*, Stoller
128. *Explosao: romance da etnologia*, Hubert Fichte

COLEÇÃO «METABIBLIOTECA»

1. *O desertor*, Silva Alvarenga
2. *Tratado descritivo do Brasil em 1587*, Gabriel Soares de Sousa
3. *Teatro de êxtase*, Pessoa
4. *Oração aos moços*, Rui Barbosa
5. *A pele do lobo e outras peças*, Artur Azevedo
6. *Tratados da terra e gente do Brasil*, Fernão Cardim
7. *O Ateneu*, Raul Pompeia
8. *História da província Santa Cruz*, Gandavo
9. *Cartas a favor da escravidão*, Alencar
10. *Pai contra mãe e outros contos*, Machado de Assis
11. *Democracia*, Luiz Gama
12. *Liberdade*, Luiz Gama
13. *A escrava*, Maria Firmina dos Reis
14. *Contos e novelas*, Júlia Lopes de Almeida
15. *Iracema*, Alencar
16. *Auto da barca do Inferno*, Gil Vicente
17. *Poemas completos de Alberto Caeiro*, Pessoa
18. *A cidade e as serras*, Eça
19. *Mensagem*, Pessoa
20. *Utopia Brasil*, Darcy Ribeiro
21. *Bom Crioulo*, Adolfo Caminha
22. *Índice das coisas mais notáveis*, Vieira
23. *A carteira de meu tio*, Macedo
24. *Elixir do pajé — poemas de humor, sátira e escatologia*, Bernardo Guimarães
25. *Eu*, Augusto dos Anjos
26. *Farsa de Inês Pereira*, Gil Vicente
27. *O cortiço*, Aluísio Azevedo
28. *O que eu vi, o que nós veremos*, Santos-Dumont
29. *Poesia Vaginal*, Glauco Mattoso

COLEÇÃO «QUE HORAS SÃO?»

1. *Lulismo, carisma pop e cultura anticrítica*, Tales Ab'Sáber

2. *Crédito à morte*, Anselm Jappe
3. *Universidade, cidade e cidadania*, Franklin Leopoldo e Silva
4. *O quarto poder: uma outra história*, Paulo Henrique Amorim
5. *Dilma Rousseff e o ódio político*, Tales Ab'Sáber
6. *Descobrindo o Islã no Brasil*, Karla Lima
7. *Michel Temer e o fascismo comum*, Tales Ab'Sáber
8. *Lugar de negro, lugar de branco?*, Douglas Rodrigues Barros
9. *Machismo, racismo, capitalismo identitário*, Pablo Polese
10. *A linguagem fascista*, Carlos Piovezani & Emilio Gentile
11. *A sociedade de controle*, J. Souza; R. Avelino; S. Amadeu (orgs.)
12. *Ativismo digital hoje*, R. Segurado; C. Penteado; S. Amadeu (orgs.)
13. *Desinformação e democracia*, Rosemary Segurado
14. *Labirintos do fascismo, vol. 1*, João Bernardo
15. *Labirintos do fascismo, vol. 2*, João Bernardo
16. *Labirintos do fascismo, vol. 3*, João Bernardo
17. *Labirintos do fascismo, vol. 4*, João Bernardo
18. *Labirintos do fascismo, vol. 5*, João Bernardo
19. *Labirintos do fascismo, vol. 6*, João Bernardo

COLEÇÃO «MUNDO INDÍGENA»

1. *A árvore dos cantos*, Pajés Parahiteri
2. *O surgimento dos pássaros*, Pajés Parahiteri
3. *O surgimento da noite*, Pajés Parahiteri
4. *Os comedores de terra*, Pajés Parahiteri
5. *A terra uma só*, Timóteo Verá Tupã Popyguá
6. *Os cantos do homem-sombra*, Mário Pies & Ponciano Socot
7. *A mulher que virou tatu*, Eliane Camargo
8. *Crônicas de caça e criação*, Uirá Garcia
9. *Círculos de coca e fumaça*, Danilo Paiva Ramos
10. *Nas redes guarani*, Valéria Macedo & Dominique Tilkin Gallois
11. *Os Aruaques*, Max Schmidt
12. *Cantos dos animais primordiais*, Ava Ñomoandyja Atanásio Teixeira
13. *Não havia mais homens*, Luciana Storto

COLEÇÃO «NARRATIVAS DA ESCRAVIDÃO»

1. *Incidentes da vida de uma escrava*, Harriet Jacobs
2. *Nascidos na escravidão: depoimentos norte-americanos*, WPA
3. *Narrativa de William W. Brown, escravo fugitivo*, William Wells Brown

COLEÇÃO «ANARC»

1. *Sobre anarquismo, sexo e casamento*, Emma Goldman
2. *O indivíduo, a sociedade e o Estado, e outros ensaios*, Emma Goldman
3. *O princípio anarquista e outros ensaios*, Kropotkin
4. *Os sovietes traídos pelos bolcheviques*, Rocker
5. *Escritos revolucionários*, Malatesta
6. *O princípio do Estado e outros ensaios*, Bakunin
7. *História da anarquia (vol. 1)*, Max Nettlau
8. *História da anarquia (vol. 2)*, Max Nettlau
9. *Entre camponeses*, Malatesta
10. *Revolução e liberdade: cartas de 1845 a 1875*, Bakunin
11. *Anarquia pela educação*, Élisée Reclus

Adverte-se aos curiosos que se imprimiu este livro na gráfica Meta Brasil, na data de 4 de maio de 2022, em papel pólen soft, composto em tipologia Minion Pro e Formular, com diversos sofwares livres, dentre eles LuaLaTeX e git.
(v. fd15615)